Miguel Delibes

Die Ratten

Miguel Delibes

DIE RATTEN

ROMAN

Aus dem Spanischen
von Curt Meyer-Clason

Piper
München Zürich

Die Originalausgabe erschien 1962 unter dem Titel
»Las ratas« bei Ediciones Destino in Barcelona.
Der Übersetzung liegt die 12. Auflage 1986 zugrunde.

ISBN 3-492-03564-7

Gesetzt aus der Sabon-Antiqua
Satz: Uhl + Massopust, Aalen
Druck und Bindung: Wiener Verlag, Himberg
Printed in Austria

So jemand will der Erste sein, der soll der Letzte sein von allen und aller Knecht. Und er nahm ein Kindlein und stellte es mitten unter sie...

Markus, 9, 35–36.

I

Kurz nach dem Morgengrauen trat Nini vor den Ausgang der Höhle und betrachtete die Wolke der Rabenversammlung. Die drei beschnittenen Pappeln am Flußufer, bedeckt von großen, häßlichen Vögeln, glichen himmelwärts gespießten, aufgerollten Regenschirmen. Die tiefgelegenen Ländereien von Don Antero, dem Mächtigen, schimmerten in der Entfernung schwarz wie ein riesiger Kohlenmeiler.

Die Hündin schmiegte sich an die Beine des Jungen, und dieser streichelte mit seinem schmutzigen, nackten Fuß ihren Rücken gegen den Strich, ohne sie anzublikken; dann gähnte er, streckte die Arme und richtete die Augen zum fernen, aufgehellten Himmel.

»Es riecht nach Frost, Fa. Am Sonntag werden wir Ratten jagen«, sagte er.

Die Hündin wedelte nervös mit dem gestutzten Schwanz und heftete ihre lebhaften gelblichen Augen auf den Jungen. Die Lider der Hündin waren geschwollen und haarlos. Hunde ihrer Rasse kamen selten mit unversehrtem Sehvermögen in die Jahre; gewöhnlich verloren sie das Augenlicht im Gestrüpp des Bachbetts, wo Purzeldisteln, Süßgras und Wegetritt ihnen in die Augen stachen.

Onkel Rattenfänger machte sich drinnen im Stroh zu schaffen, und als die Hündin das Geräusch hörte, bellte sie zweimal, und gleich darauf flog der Rabenschwarm träge vom Erdboden auf, mit geruhsam bemessenem Flügelschlag, rhythmisch begleitet von einem finsteren Krächzkonzert. Nur ein Rabe blieb regungslos auf den braunen Erdklumpen hocken, und als der Junge ihn gewahrte, rannte er im Zickzack zwischen den von Nässe schweren Furchen auf ihn zu und wich dabei der ihn bellend anspringenden Hündin aus. Als der Junge die Vogelfalle aufhob, um den Kadaver zu befreien, betrachtete er die unberührte Haferähre und zerrieb sie sodann zwischen seinen kleinen, nervösen Fingern, und die Körner fielen verstreut auf die Erde.

Er übertönte das Krächzen der hoch über seinem Kopf schwerfällig flatternden Raben: »Er hat sie nicht einmal probiert, Fa! Er hat nicht einmal ein Körnchen herausgepickt.«

Die Höhle auf halber Höhe des Hügelhangs, flankiert von den Wassergräben, welche die Frühlingsgüsse in die Berglehne wuschen, glich einem mächtigen, gähnenden Maul. An der Biegung des Hügels lagen die Ruinen der drei Höhlen, die Justito, der Bürgermeister, vor zwei Jahren mit Dynamit in die Luft hatte sprengen lassen. Justo Fradique wünschte sich, alle Dorfbewohner wie echte Eigentümer in Häusern wohnen zu sehen.

Den Onkel Rattenfänger bedrängte er: »Ich gebe dir ein Haus für zwanzig Duros, und du sagst nein. Was willst du dann überhaupt?«

Der Rattenfänger zeigte seine verfaulten Zähne mit einem zweideutigen, halb blöden, halb verschlagenen Grinsen. »Nichts«, sagte er.

Justito, der Bürgermeister, wurde ärgerlich, und bei solchen Gelegenheiten schrumpfte sein maulbeerfarbenes Mal auf der Stirn sichtlich wie ein Lebewesen.

»Hast du keine Lust, mich zu verstehen? Ich will Schluß machen mit den Höhlen. Ich habe es dem Herrn Gouverneur versprochen.«

Der Rattenfänger hob ein paarmal seine stämmigen Schultern, doch bald darauf, in der Taverne, sagte Malvino zu ihm: »Paß bloß auf den Justito auf. Mit dem

Kerl ist nicht zu spaßen, das siehst du doch. Der ist schlimmer als die Ratten.«

Der auf dem Tisch zusammengesunkene Rattenfänger richtete eisern seine stumpfsinnig-scheuen Augen auf ihn.

»Die Ratten sind gut«, sagte er.

Malvino hatte früher Balbino geheißen, aber seine Nachbarn nannten ihn Malvino, weil er schon nach zwei Gläschen zur Landplage wurde. Seine Taverne war eng, dreckig, auf ihrem Zementfußboden standen ein halbes Dutzend Brettertische mit Bänken auf beiden Seiten. Immer wenn er vom Bach zurückkehrte, zog sich der Rattenfänger hierhin zurück und vesperte ein paar in Essig marinierte, gebratene Ratten, dazu zwei Glas Rotspon und einen halben Laib Brot. Den Rest der Jagdtasche überließ er Malvino, zu zwei Peseten die Ratte. Der Tavernenwirt setzte sich dann stets neben ihn, während er aß.

»Wenn die Menschen mit dem, was sie haben, nicht zufrieden sind, legen sie sich mit irgendwem an, was, Rattenfänger?«

»So ist es.«

»Und wenn sie mit dem zufrieden sind, was sie haben, fehlt ihnen nie ein Gauner, der sich bemüht, ihnen noch mehr zu geben, und stachelt sie zu Krawall auf. Und so gibt's am Ende immer Stunk, was, Rattenfänger?«

»So ist es.«

»Hör zu, du fühlst dich doch sauwohl in deiner Höhle und legst dich mit niemandem an. Schön, denn der Justito legt Wert darauf, daß du das Haus da beziehst, schon weil mehr als sechs oder sieben sich umbringen würden, um dort einziehen zu können.«

»So ist es.«

Die Señora Clo, die vom Tabakladen, behauptete immer, Malvino sei der böse Engel des Onkel Rattenfänger, doch Malvino entgegnete stets, er sei nur dessen Gewissen.

Onkel Rattenfänger sah vom Höhleneingang aus Nini die Berghalde mit dem Raben in der einen und dem Stock in der anderen Hand heraufsteigen. Die Hündin lief voraus, als sie den Mann entdeckte, sprang ein- oder zweimal an ihm hoch und versuchte, die plumpe Hand zu lecken, deren Finger gleich lang waren, wie mit dem Fallbeil abgehackt. Aber der Mann drückte ihr zerstreut immer wieder die Schnauze zu, und das Tier knurrte halb wütend, halb übermütig.

Der Junge zeigte ihm den Vogel und sagte: »Der Pruden hat mir den mitgegeben. Die Raben lassen ihm die Saatfelder nicht in Ruhe.«

Pruden stand immer in aller Herrgottsfrühe auf und säte noch vor der letzten Regenwoche aus. Pruden hieß in Wirklichkeit mit Taufnamen Acisclo, wurde aber wegen seiner Vernünftigkeit und Voraussicht Pruden oder Prudencio gerufen. Im Mai pflügte er das Brachland, und wenn der November einzog, hatte er auf diese Weise bereits sein Ackerland bestellt. Wenn der Sommer zu Ende ging, kurz bevor das Blattwerk vergilbte, beschnitt er die drei mageren Pappeln am Flußufer und verwahrte das gebündelte Laub als Winterfutter für seine Ziegen.

Er machte Nini, den Jungen, ganz schwindlig im Kopf.

»Nini, mein Junge, kommt Wasser oder kommt keines?«

»Nini, mein Junge, bringt diese Wolke Hagel oder bringt sie keinen Hagel?«

»Nini, mein Junge, die Nacht ist so still und der Himmel klar, droht uns da nicht der schwarze Frost?«

Zwei Abende zuvor war Pruden wie zufällig auf den Jungen zugetreten. »Nini, mein Sohn«, sagte er in klagendem Tonfall, »die Raben lassen mir meine Saatfelder nicht in Ruhe. Sie scharren die Erde auf und picken die Saatkörner heraus. Wie soll ich die nur verscheuchen?«

Nini erinnerte sich an Großvater Román, der, um das Vogelvolk von den Saatfeldern zu verjagen, einen Raben mit dem Schnabel nach unten aufgehängt hatte. Das Vogelvieh war vor dem finsteren Schauspiel geflohen; vor der regungslosen Traurigkeit der zum Blühen bestimmten Erde.

»Überlaß das mir«, sagte der Junge zu ihm.

Jetzt betrachtete Nini, während er die Brotsuppe vor der Höhlentür verschlang, den zerzausten Raben, seine starren, stahlscharfen Federn, die auf einem Thymianstrauch lagen. Die neben ihm kauernde Hündin beobachtete ihn unbewegt, und wenn der Junge sie außer acht ließ, stieß das Tier seinen Unterarm aufdringlich mit der Vorderpfote an. Hinter der Hündin, unter der Anhöhe, eröffnete sich die Welt; eine Welt, die Columba, Justitos Frau, vielleicht deshalb ungastlich fand, weil sie sie nicht kannte. Eine Welt aus braunen, symmetrischen, atemberaubenden Furchen. Die glanzlosen Furchen des Herbstes bildeten ein nur von der spärlichen Linie des Bachs durchbrochenes Schlammmeer, auf dessen anderer Uferseite das Dorf aufragte. Auch das Dorf war braun wie ein Auswuchs ebendieser Erde, und es wäre gar nicht aufgefallen, hätte die aufgehende Sonne nicht Licht- und Schattenflecken darüber hingeworfen, fast die einzigen in der trostlosen Landschaft.

Etwa einen Kilometer weiter weg verlief parallel zum Flüßchen die bleiche Provinzlandstraße, zerstampft nur von Pferdehufen, von dem Fordson Don Anteros, des Mächtigen, und dem Linienbus, der die Stadt mit den Dörfern des Bergtals verband. Eine Kette von Hügeln, kahl wie Totenschädel, gekrönt von einem halben Dutzend verkrüppelter Mandelbäume, versperrte auf dieser Seite den Horizont. Die Sonne warf auf den kristallisierten Kalk der Hänge manchmal grellbunte Lichtfetzen, als sollte den Bewohnern der Niederung eine unentzifferbare Botschaft übermittelt werden.

Der fortgeschrittene Herbst ließ langsam die Pflanzenwelt absterben; nur Weide und Binsen dicht am Rinnsal verliehen dem schmerzvollen Panorama eine Spur Leben. Eine eintönige Farbenskala mit sanften Übergängen rahmte die grauen, maulbeer- und ockerfarbenen Tönungen. Einzig oberhalb der Talsohle auf dem Hochland bot der Berg über der Gemeinde den Vögeln und dem kleinen Raubzeug sichere Zuflucht.

Der Junge rannte mit dem Raben in der Hand den Wassergraben hinunter, gefolgt von der Hündin. Auf dem letzten Stück hob Nini die Arme, als schwebe er auf dem Pfad dahin. Noch wärmte die Sonne nicht, die Schornsteine entließen weißlich-matten Rauch, und das herbe Aroma des verbrannten Strohs hing über dem Dorf wie klebriger Weihrauch.

Der Junge und die Hündin überquerten das ländliche Holzbrückchen und betraten die Tenne. Neben dem Strohschober ragte der Taubenschlag von Justito, und als der Junge daran vorbeilief, klatschte er zweimal kräftig in die Hände, und schon flatterte der Taubenschwarm mit dem tosenden Geräusch geschüttelter Kleider lärmend auf. Die Hündin schlug an, doch das plötzliche Erscheinen Moros, des Hundes von Großstummel, dem Hirten, lenkte sie unverzüglich ab. Der Taubenschwarm beschrieb einen weiten Halbkreis hinter dem Glockenturm und kehrte zum Taubenschlag zurück.

Pruden tauchte von der Rückseite auf und knöpfte sich dabei die Hose zu.

»Da, nimm«, sagte Nini und streckte ihm den Vogel hin.

Pruden lächelte ausweichend.

»Du hast ihn also gefangen?« sagte er. Er ergriff den Raben fast furchtsam an einem Flügelende und fügte hinzu: »Los, geh zu!«

An der Lehmmauer des Korrals lehnten der rostige Pflug und die Ackergeräte sowie der plumpe zweirädrige Karren, und über dem Stall öffnete sich die Luke zum Strohschober. Pruden trat in den Stall, und die schwarze Mauleselin stampfte ungeduldig auf dem Erdboden. Er legte den Vogel auf die Erde, und während er die Strohhalme von den Futterkrippen wischte, sagte er zu Nini, ohne sich umzudrehen: »Schau dir den Schnabel an! Wo diese Gauner sich niederlassen, richten sie mehr Schaden an als ein Hagelwetter. Verfluchte Brut!«

Sobald er die Krippen gesäubert hatte, schlüpfte er geschickt in den Strohschober und warf mit der Mistgabel ein paar Armvoll Stroh auf den Fußboden. Dann ließ er sich herab, nahm das Kornsieb und verteilte die Spreu in raschen Hin- und Herbewegungen. Daraufhin füllte er das Stroh in die beiden Krippen und schüttete sodann einen Korb voller Gerste darüber. Der Junge schaute aufmerksam zu, und als Pruden das Korn verteilt hatte, sagte er zu ihm: »Hänge ihn mit den Füßen nach oben auf, sonst spielt er den Lockvogel, statt die anderen zu verscheuchen.«

Pruden schüttelte sich den Staub von den Händen, packte von neuem den Vogel an einer Flügelspitze und trat durch die Küchentür ins Haus. Der Junge und die Hündin gingen hinter ihm her. Sabina drehte sich wütend um, als sie den Raben erblickte.

»Was hast du mit diesem Dreckzeug vor?« fragte sie.

Prudens Tonfall blieb unverändert geduldig.

»Und du sei still«, sagte er.

Und er legte den Vogel auf den Tisch. Dann trat er auf den Herd zu und drehte die Kartoffelschalen um, die auf kleiner Flamme brieten. Schließlich nahm er sie vom Feuer, setzte sich mit dem Eimer zwischen den Beinen, streute die Blattkleie auf die Kartoffelschalen und begann sie langsam umzurühren.

Der Junge hatte schon die Türklinke in der Hand, um sich davonzumachen, als Pruden aufstand und sagte: »Warte.«

Er folgte ihm auf dem rotgefliesten Gang, kramte in seinen Hosentaschen, und als er auf der Gasse stand, reichte er ihm eine Pesete. Nini blickte ihn fest an, mit frühreifem Ernst, und Pruden verlor die Fassung, hob die Augen zum Himmel, einem weißlichen, zartblauen Himmel, und sagte: »Es wird doch nicht mehr regnen, oder, Bursche?«

»Es hat sich aufgehellt. Es sieht nach Frost aus«, erwiderte der Junge.

Nach seiner Rückkehr in die Küche musterte Pruden den Raben aufmerksam, dann rührte er stillschweigend weiter das Hühnerfutter um. Nach einer Weile hob er den Kopf und sagte: »Ich sage dir, der Nini weiß alles. Er ist wie Gott.«

Sabina antwortete nicht. In Augenblicken guter Laune pflegte sie zu sagen, wenn sie Nini mit der Dorfbevölkerung reden sehe, erinnere er sie an Jesus unter den Pharisäern, doch wenn sie schlechter Stimmung war, verstummte sie, und verstummen bedeutete bei ihr eine Form der Anklage.

II

Nini schritt auf der einsamen Gasse voran und hielt sich dicht an die Häuser, um den Schlammlöchern auszuweichen. Er rieb die Münze, die er in der Hand hielt, an den Lehmmauern entlang, und als er zur ersten Ecke gelangte, musterte er den am Münzenrand entstandenen Glanz mit kindlicher Wonne. Hier war der Morast zäher, aber der Junge watete ohne Zaudern weiter, seine nackten Füße sanken in den mit Dung und Ziegenkot durchsetzten Schlick, in das stinkende stehende Wasser der Wagenspuren. Er durchquerte das Dorf, und noch bevor er die Ställe des Mächtigen unterscheiden konnte, hörte er die warme Stimme Kleinstummels, der sich mit seinen Kühen unterhielt. Kleinstummel arbeitete im Dienst des Mächtigen und stand in dem Ruf, die Sprache der Tiere zu verstehen.

Großstummel, der Hirte, und Kleinstummel, der Viehtreiber des Mächtigen, waren Söhne Altstummels, der laut Don Eustasio vom Stein, dem Professor, ein lebendiger Beweis dafür war, daß der Mensch vom Affen abstammte. In der Tat besaß Altstummel zwei Steißbeinwirbel zuviel, nach Art eines verstümmelten Schwanzes, und einen von dichtem schwarzem Flaum bedeckten Körper; und wenn er müde wurde, auf seinen Füßen zu gehen, konnte er das leichterdings auf den Händen tun. Aus all diesen Gründen hatte Don Eustasio vom Stein ihn um Sankt Quinciano, um das Jahr 33 herum, zu einem internationalen Kongreß eingeladen, und zwar ohne andere Absicht, als vor seinen Kollegen zu beweisen, daß der Mensch vom Affen abstamme und daß es noch immer möglich sei, Exemplare auf halber Entwicklungsstufe zu finden. Daraufhin berief Don Eustasio ihn jedesmal, wenn ein bedeutender Besucher kam, in die Hauptstadt, hieß ihn sich entkleiden und ganz langsam auf allen vieren auf einem Tisch herumkriechen. Anfangs schämte sich Altstummel, doch bald gewöhnte er sich an die Prozedur und ließ sogar zu, daß Don Eustasio, der ein Weiser war, seine beiden Steißbeinwirbel berührte, ohne dabei aus der Fassung zu geraten. Fortan, sobald ein Fremder sich für seine Besonderheit interessierte, löste Altstummel seinen Hosenbund und stellte sich zur Schau.

Aufgrund dieser Gegebenheiten wurde Altstummel nach Aussagen des Elften Gebots widerspenstig und ging nicht mehr in die Kirche. Don Zósimo, der Priester, der zu jener Zeit als Dorfpfarrer amtierte, sagte zu ihm: »Stummel, warum kommst du nicht zur Messe?«

Altstummel blähte die Brust und antwortete: »Es gibt keinen Gott. Mein Großvater war ein Affe. Don Eustasio hat es gesagt.«

Und als der Krieg ausbrach, rückten fünf junge Männer aus Torrecillórigo unter dem Befehl von Baltasar, dem von Quirico, mit geschultertem Karabiner vor seine Haustür. Es war Sonntag, und Altstummel erschien in seinem bescheidenen Sonntagsstaat und seinen engen Stiefeln, und Baltasar, der von Quirico, stieß ihn mit seinem Karabinerlauf an und sagte zu ihm: »Jetzt werde ich dir zeigen, wie der Hase läuft.«

Altstummel blinzelte und sagte nur: »Was willst du?«

Und Baltasar, der von Quirico, sagte: »Du sollst mit uns kommen.«

Baltasar trug ein Kreuz auf der Brust, und Stummelin schaute wie flehend darauf und blickte dann zu Altstummel, der seinerseits auf seine gestiefelten Füße hinunterblickte und bescheiden sagte: »Warte einen Augenblick.«

Als er aus der Schlafkammer zurückkehrte, trug er seine Hirtentracht, an den Füßen Gummisandalen und sagte: »Bis bald.«

Dann sagte er zu Baltasar: »Wann du willst.«

Am nächsten Tag fand Antoliano die Leiche in Revueltas, und als er mit ihr vor dem Haus ankam, verschloß Kleinstummel, der noch blutjung war, wenn er auch zwei zusätzliche Steißbeinwirbel besaß, den Mund und verweigerte jegliche Nahrungsaufnahme. Don Ursinos, der Arzt von Torrecillórigo, sagte, sein Leiden sei ein nervöses und das gehe vorüber. Und als es vorüber war, begab Kleinstummel sich zu Don Zósimo, dem Pfarrer, und sagte zu ihm: »Ist das Kreuz nicht das Zeichen des Christen, Herr Pfarrer?«

»So ist es«, antwortete der Pfarrer.

Und Kleinstummel setzte hinzu: »Und hat Christus nicht gesagt: ›Liebet einander?‹«

»So ist es«, erwiderte der Pfarrer.

Kleinstummel wiegte leicht den Kopf. Er sagte: »Warum hat dann der Mann vom Kreuz meinen Vater getötet?«

Die überquellende Menschlichkeit Don Zósimos, des Pfarrers, schien angesichts dieses Problems zu versagen. Er rückte mechanisch seine Priestermütze zurecht, bevor er sagte: »Hör zu«, sagte er endlich, »mein Vetter Paco Merino war Stadtpfarrer von Roldana, jenseits der Niederung, bis vorgestern. Und weißt du, wie er aufhörte, es zu sein?«

»Nein«, sagte Kleinstummel.

»Dann paß auf«, fuhr der Pfarrer fort. »Sie haben ihn an einen Pfahl gefesselt, haben ihm sein Glied mit einem Rasiermesser abgeschnitten und haben es vor seiner Nase den Katzen hingeworfen. Wie findest du das?«

Kleinstummel schüttelte den Kopf, sagte dann aber: »Die anderen sind keine Christen, Señor Pfarrer.«

Don Zósimo verschränkte die Finger und sagte geduldig: »Schau, Kleiner, wenn man zwei Brüdern, gleich ob sie Christen sind oder nicht, die Augen verbindet, kämpfen sie weit grimmiger gegeneinander als zwei Fremde.«

Und Kleinstummel sagte nur noch: »Ah!«

Fortan begann er, die Menschen zu fliehen, und zog mit dem Vieh auf die Hügel, bis Don Antero, der Mächtige, ihn als Viehhirten einstellte. Dagegen machte es Stummel Spaß, mit den Kühen zu plaudern, und er soll sogar die Gabe besessen haben, ihr Muhen zu deuten. Wie dem auch sei, er hatte vor den zweiflerischsten Dorfbewohnern bewiesen, daß die Kuh, mit der man beim Melken zärtlich sprach, einen halben Eimer mehr Milch gab als die, welche schweigend gemolken wurde. Bei anderer Gelegenheit entdeckte er, daß die Kuh, die auf einer Matratze ruhte, auch mehr hergab, als wenn sie auf nacktem Stroh ruhte, und nun malte er die Stallmauern grün an, weil er vermutete, dadurch gleichfalls den Ertrag steigern zu können.

Nini erkannte Kleinstummel von hinten und rief: »Guten Tag, Kleinstummel.«

Kleinstummel bewegte sich schwerfällig wie ein fetter, ausgewachsener Mann und blickte seinem Gegenüber nie direkt ins Gesicht. Einmal fragte Nini ihn, warum er mit den Kühen spreche und nicht mit den Menschen, und Kleinstummel antwortete: »Die Menschen sagen nur Lügen.«

Jetzt drehte Kleinstummel sich zu dem Jungen um

und sagte: »Nini, ist es wahr, daß Justito euch aus der Höhle hinauswerfen will?«

»So sagt man.«

»Wer sagt das?«

Der Junge zuckte die Achseln. Er sagte: »Hast du den Stall fertig angemalt?«

»Gestern nachmittag.«

»Und was ist passiert?«

»Gut Ding will Weile haben.«

Nini bog hinter der Kirche um die Ecke. Die Wagenspuren waren dort tiefer, und das Wasser staute sich und verströmte trotz der Kälte einen beklemmenden Gestank. Auf den Lehmmauern der Señora Clo, gegenüber der Kirche, stand auf einem Plakat in fetten pechschwarzen Buchstaben: »Ein Hoch auf die Rekruten von 56.« Die Señora Clo fegte eifrig die beiden Zementstufen, die zu ihrem Tabakladen führten. Plötzlich hob sie den Kopf und sah den kleinen Jungen, der seine Münze an der Kirchenmauer entlangrieb.

»Wohin gehst du so früh am Morgen, Nini?«

Der Kleine drehte sich um und blickte die Frau mit gespreizten Beinen an. Der Schlamm hatte auf einer seiner Waden eine schmutzige Spur hinterlassen, die aussah wie eine dunkle Socke. Die Señora Clo stützte sich auf ihren Besenstiel, lächelte über ihr breites Gesicht und sagte: »Das Wetter schlägt um, Nini. Wann wollen wir das Schwein schlachten?«

Der Junge blickte sie nachdenklich an. Er sagte: »Es ist noch zu früh.«

»Hör zu, deine Großmutter dachte darüber nicht soviel nach.«

Nini schüttelte entschieden den Kopf. »Lassen Sie es gut sein, Señora Clo, vor Sankt Dámaso ist es nicht ratsam, es zu tun. Ich sage Ihnen schon Bescheid.«

Er nahm seinen Weg wieder auf, und da er die Hündin das Haus von José Luis, dem Gerichtsvollzieher, umschnüffeln sah, pfiff er sie sanft herbei. Fa kam auf seinen Ruf angetrabt und machte gefügig hinter ihm halt, doch an der Ecke stürzte sie sich auf den Sperlingsschwarm, der im Dung pickte. Die Vögel flogen auf, dann piepsten sie aufgebracht von den tiefen Dachtraufen aus, und die Hündin blickte mit erhobenem Kopf zu ihnen auf und wedelte nervös mit ihrem gestutzten Schwanz.

Schon hörte man Antolianos Sägerei, und Nini trat vor die Tür, die auch an den strengsten Wintertagen offenstand, und nun sah er ihn schräg auf der Bank sitzen, seine mächtige Hand auf dem Griff der Säge ruhend. Die Werkstatt war eine armselige Bude, angefüllt mit Hobelspänen und Sägemehl sowie mit vier rohen, senkrecht in einer Ecke stehenden Holzbrettern. An der Wand in Fensternähe kreiste ein Rebhuhnlockvogel unablässig um die eigene Achse und pickte gegen die Stäbe des Käfigs. Es hatte eine Zeit gegeben, als Antoliano seinen Unterhalt mit der Herstellung von Zwölferfanegas und halben Fanegas* verdient hatte, doch seit die Dienststelle das Korn per Kilo maß, hatte Antoliano die Herstellung dieser Gefäße einstellen müssen und nahm daher jede Arbeit an, die sich ihm bot. Im Profil gesehen, zeigte Antolianos Gesicht eine überaus unregelmäßige Nase, als hätten sich die Knorpel vergeblich bemüht, auf dem Nasenbein zu sitzen und nach halbherzigem Versuch davon Abstand genommen, sich diesen Streich zu spielen. Jedenfalls glich Antolianos Nase der eines Boxers, was für ihn, der sich für bärenstark und tollkühn hielt, eine Demütigung bedeutete. Von Zeit zu Zeit rechtfertigte er sich, ohne daß jemand

* Spanisches Trockenmaß: 1 Fanega = 55½ Liter.

ihn darum gebeten hätte: »Weißt du, wer schuld daran ist, daß meine Nase wie ein Spritzkuchen aussieht? Diese verfluchten Hände.«

Antolianos nun von Sägemehl bestäubte Hände waren riesig wie zwei Schaufeln; in einer stockfinsteren Nacht, wie er erzählte, war er mit den Händen in den Hosentaschen gegen Justitos Brunnenrand geprallt, bevor er die Zeit fand, sie herauszuziehen.

»Hallo«, rief der Junge ihm von der Tür aus entgegen.

Die Hündin schlich in die Bude hinein und kauerte sich in die Ecke neben die eben gehobelten Latten.

»Still!« sagte der Junge.

Antoliano ließ ein kurzes Lachen vernehmen, ohne die Augen von dem Brett zu heben, das er gerade auseinandersägte.

»Laß sie«, sagte er. »Sie stört nicht.«

Nini lehnte sich an den Türrahmen. Sanfter Herbstsonnenschein fiel auf das Gäßchen und reichte halb in die Tür der Sägemühle hinein. Der Junge, der seine Augen träge vor der Sonne verschloß, sagte: »Was machst du da?«

»Sieh, einen Sarg.«

Nini wandte überrascht das Gesicht.

»Ist jemand gestorben?« fragte er.

Antoliano verneinte, ohne seine Arbeit zu unterbrechen. »Er ist nicht von hier«, sagte er. »Er ist aus Torrecillórigo. Der Ildefonso.«

»Der Ildefonso?«

»Er war schon alt. Siebenundfünfzig.«

Antoliano ließ die Säge auf der Hobelbank liegen und wischte sich mit dem Unterarm den Schweiß von der Stirn.

Sein wirres Haar war weißlich von Sägemehl, und

der ganze Mann verströmte einen sanften, wohltuenden Geruch nach frischem Holz.

Er sagte: »In der Hauptstadt verlangen sie für so was immer mehr Geld. Und du siehst, was es ist: vier Bretter.«

Sein Blick verdüsterte sich, als er hinzufügte: »Natürlich braucht niemand mehr.«

Er setzte sich auf die Steinbank an der Tür neben den Jungen und drehte sich gemächlich eine Zigarette.

»Adolfo hat mir gestern das Saatgut gebracht. Der Keller ist schon fertig«, sagte er und fuhr mit der Zunge behutsam über das gummierte Zigarettenpapier.

»Jetzt mußt du ein warmes Bett vorbereiten«, sagte der Junge.

»Ein warmes?«

»Zuerst eine Schicht Dünger, dann eine Schicht gut gesiebte Erde.«

Antoliano zündete sich seine Zigarette mit einem Luntenfeuerzeug an und fügte mit aufeinandergepreßten Lippen hinzu: »Kuh- oder Pferdedung?«

»Pferdedung, wenn das Bett warm sein soll, hinterher mußt du es begießen.«

»Gut.«

Antoliano tat nachdenklich einen tiefen Zug an seiner Zigarette. Befriedigt den Rauch ausstoßend, sagte er: »Ich sage dir eins: wenn der Champignon im Keller gut gedeiht, werde ich mehr davon in den Höhlen droben pflanzen.«

»In denen der Großeltern?«

»Und in der vom Stummen und der von der Zigeunerin. In allen drei.«

Der Kleine blickte ihn mißbilligend an.

»Das solltest du nicht tun«, sagte er. »Diese Höhlen können jeden Tag einstürzen.«

Antoliano zog eine verächtliche Grimasse.

»Wer wagt, gewinnt«, sagte er.

Der weiße Hahn sprang unvermutet auf die Einzäunung des Korrals, der an die Sägemühle grenzte, blähte seine Flügel in der Sonne, reckte den Hals und stieß ein heiseres Kikeriki aus. Fa begann im Schlamm herumzuspringen und bellte ihn wütend an, und nun neigte der Hahn den Kopf und fauchte sie wie eine Gans an.

Nini sagte: »Dieser Hahn ist ein Kampfhahn. Eines Tages wird er dir Scherereien machen.«

Antoliano richtete sich auf, warf den Zigarettenstummel in den Schlamm und trat ihn aus. Er sagte: »Schau, jemand muß das Haus bewachen.«

Schon wollte er in die Werkstatt zurückgehen, als er sich an etwas zu erinnern schien und wieder heraustrat.

»Du sagst, eine Erdschicht auf die Dungschicht?«

»Ja. Und gut durchgesiebt«, erwiderte der Junge.

Antoliano legte den Kopf schräg, und bevor er seine Werkstatt betrat, winkte er ihm mit seiner riesigen Hand freundschaftlich zu. Nini pfiff seine Hündin herbei und verschwand die Gasse abwärts in Richtung Fluß.

III

Señora Clo, die vom Tabakladen, schrieb Nini angeborenes Wissen zu, aber Doña Resu, oder das »Elfte Gebot«, wie sie im Dorf hieß, behauptete, Ninis Weisheit könne nur vom Teufel herrühren, denn wenn der Sohn von Vettern blöd ist, so wäre der Sohn von Geschwistern dies erst recht. Señora Clo fügte hinzu, der Sohn von Vettern sei entweder zurückgeblieben oder aufgeweckt, je nachdem, und dem stimmte Antoliano zu.

»Aber, Doña Resu, was ist denn ein Blödian anderes als ein Schlaukopf, der überschlau wird?«

Und Doña Resu sagte empört: »Jetzt kommst du mir wieder mit deinen Theorien.«

Und Antoliano sagte: »Ist das etwa nicht gut gesagt?«

Und Doña Resu sagte: »Ich weiß nicht, ob es schlecht oder gut ist, aber so wächst dir eben das Haar.«

Wie dem auch sei; das, was Nini wußte, verdankte er allein seiner Beobachtungsgabe. Ohne weiter auszuholen: wenn die Buben und jungen Männer sich dem Onkel Rufo, dem Hundertjährigen, näherten, um nur aus Lust und Laune seine Hand zittern und ihn gleich darauf lachen zu sehen, so tat Nini das rein aus Neugierde. Onkel Rufo, der Hundertjährige, wußte viel von allen Dingen. Immer sprach er in Kehrreimen und kannte wie im Schlaf den Heiligen des jeweiligen Tages. Und wenn er sich auch nicht genau zu erinnern vermochte, wie alt er war, so konnte er statt dessen anschaulich von der Pest des Jahres 1858 erzählen, von dem Besuch Ihrer Majestät der Königin Isabella* und sogar von der Kunst von Cúchares und El Tato**, auch wenn er niemals einen Stierkampf mit angesehen hatte.

Neben ihm auf der Steinbank an der Haustür hokkend, achtete Nini nicht auf seine nervösen Bewegungen. Manchmal sagte er nicht einmal ja oder nein, doch den Hundertjährigen regten Ninis erwartungsvolle Augen an, seine forschende Aufmerksamkeit und der mitunter reife Ernst seiner Fragen und Antworten.

Im allgemeinen begann der Alte mit dem Heiligenkalender, dem Wetter oder dem Feld, oder mit allen dreien zusammen.

»Am heiligen Andrés naht der Winter«, sagte er.

Oder etwa: »Um Sankt Clemente macht die Erde Staat und deckt die Saat.«

Oder aber: »Kommt um die heilige Bibiana Regen, bringt er vierzig Tage und eine Woche Segen.«

Sobald die Stille unterbrochen war, rasselte der Hundertjährige los. Auf diese Weise lernte Nini das Wetter mit dem Kalender in Verbindung zu bringen, das Feld mit dem Verzeichnis der Heiligennamen und die Sonnentage vorauszusagen, die Ankunft der Schwalben und die späten Frosttage. So lernte der Junge den Igeln und Echsen nachzustellen und eine Blauelster von einem Bienenfresser, eine Wildtaube von einer Ringeltaube zu unterscheiden.

Auch manch anderes erlebte der Junge von Zeit zu

* Königin Isabella II. (geb. Madrid 1830, gest. Paris 1904). Am 24. 10. 1833 zur Königin proklamiert und 1843 für mündig erklärt, regierte sie bis zu ihrem Sturz am 26. 9. 1868.

** Francisco Arjona Herrera, genannt *Cúchares* (geb. 1818 Madrid, gest. 1868 La Habana) und Antonio Sánchez y García, genannt *El Tato* (geb. 1831, gest. 1894 Sevilla), zwei der berühmtesten und populärsten Stierkämpfer damaliger Zeit.

Zeit mit seinen Großeltern. Nini, der Knirps, hatte, anders, als es üblich war, drei Großeltern mütterlicherseits: zwei Großväter und eine Großmutter. Die drei wohnten zusammen in der Nachbarhöhle, und manchmal, als er noch ganz klein war, wollte Nini vom Onkel Rattenfänger erfahren, wer von ihnen der echte Großvater sei.

»Alle sind es«, sagte Onkel Rattenfänger und zeigte furchtsam sein halb törichtes, halb verschmitztes Lächeln. Selten sagte Onkel Rattenfänger mehr als vier Wörter hintereinander. Und wenn er es tat, so mit erschöpfender Anstrengung, die weniger körperlicher Natur war, sondern von der geistigen Sammlung, die dies ihm abforderte, herrührte.

Nini begleitete Großvater Abundio, den Rebenschneider, nach Torrecillórigo, wo Don Virgilio, der fünfzig Hektar Weinberg, ein wunderschönes Haus mit Laubengang und einen ungastlichen Lagerraum mit löchrigem Dach sein eigen nannte, dort, wo die Hunde der Hirten und die Leute aus Estremadura nächtigten, die damals das unbebaute Land urbar gemacht hatten. In der ersten Nacht legte Großvater Abundio sich nicht schlafen; er brachte sie gewöhnlich damit zu, das Dach mit Blech und Steinen auszubessern, um Kälte und Feuchtigkeit fernzuhalten.

Nini gefiel Torrecillórigo als Abwechslung, auch wenn die Leute aus Estremadura ihn erschreckten mit ihren Geschichten, die sie am Feuer erzählten, während sie ihr karges Mahl schmoren ließen und die Hirtenhunde zusammengerollt zu ihren Füßen dösten. Auch ängstigten sie ihn morgens mit ihrem Fluchen, wenn der Großvater in aller Herrgottsfrühe die Brunnenpumpe quietschen ließ und beim Waschen im Wasser patschte. Die Leute aus Estremadura drohten, ihm den

Garaus zu machen, doch wenn es soweit war, schreckten sie zurück, vielleicht weil es draußen so kalt war.

Und auf dem Feld sah Nini die Reben auf den Erdschollen dunkel werden, und jedesmal berührten sie ihn wie etwas Lebendiges und Schmerzvolles. Großvater Abundio indessen schnitt erbarmungslos, und wenn die nutzlosen Zweige wegsprangen, erteilte er ihm über die Schulter hinweg seine Lehren: »Beschneiden ist nicht Reben abschneiden, hörst du?«

»Ja, Großvater.«

»Jede Rebe muß beschnitten werden, hörst du?«

»Ja, Großvater.«

»Jede grüne Jungrebe von dreißig Jahren trägt zwei Hauptstöcke, daran zwei junge Seitentriebe, zwei, drei junge daran und zwei oder drei Setzlinge an diesen, hörst du?«

»Ja, Großvater.«

»Mit dem Sherry und dem Roten würdest du nicht so vorgehen. Mit dem Sherry und dem Roten würdest du zwei Setzlinge, zwei Knospen und einen für den Wein zurücklassen, hörst du?«

»Ja, Großvater.«

Nach Fertigstellung eines jeden Rebstocks begrub der Alte die abgeschnittenen Zweige am Fuß der Ranke, damit diese als Dünger dienten. Der Junge schaute dem Großvater gerne bei der Arbeit zu und bildete sich ein, dessen Reinlichkeitswahn rühre von seinem Beruf her; nämlich die Rebstöcke von allem Schmutz, von Unnützem und Überflüssigem zu befreien.

Obwohl sie Brüder waren, war Großvater Román das genaue Gegenteil von Großvater Abundio. Nie näherte er sich dem Wasser außer im Januar, und dies, weil nach den Worten Onkel Rufos, des Hundertjährigen, »der Hase im Januar das Wasser sucht«. Er ließ sich den Bart wachsen und rasierte ihn um den Mai herum ab, im allgemeinen am 21., am Vorabend der heiligen Rita. Das letzte Mal, als er ihn auf Drängen seines Bruders geschabt hatte, war im Winter gewesen, und der Mann konnte es nicht einmal erzählen. Großvater Román sagte zum Großvater Abundio jedesmal, wenn dieser ihn dabei überraschte, wie er sich im Bottich wusch: »Geh weg, Abundio, du riechst nach Fröschen.«

Wenn er dachte oder auch nur so tat als ob, steckte Großvater Román einen Finger unter die speckige Baskenmütze und kratzte sich derb und ausgiebig am Hinterkopf. So sagte einmal, als Nini vier Jahre alt wurde, Großvater Román zu ihm: »Morgen gehst du mit mir aufs Feld.«

Und sie zogen unter einer quittegelben Sonne aus, und schon im Brachfeld verwandelte sich Großvater Román in eine Art lauerndes Tier. Er ging rechtwinklig gebückt und sog den Wind geräuschvoll durch die Nase ein, einen Knüppel in jeder Hand, und sogar sein Bart schien ein empfindsames Tastgefühl zu besitzen. Dann und wann blieb er stehen und spähte verstohlen in die Runde, fast ohne den Kopf zu bewegen. Seine Augen schienen bei solchen Gelegenheiten ein ganz eigenes Leben zu führen. Manchmal legte Großvater Román den Kopf auf die Seite, um zu lauschen, oder er legte sich auf den Erdboden und musterte aufmerksam die Steine, das Erdreich und das Stroh der Stoppelfelder. Bei einer seiner Inspektionen hob er ein dunkles Kügelchen von einem Steinsplitter auf und lächelte gierig, als wäre es eine Perle, und der Junge fragte erschreckt: »Was ist das, Großvater?«

»Siehst du's nicht? Losung, Nini. Das Tier wird nicht weit sein, es ist noch ganz frisch.«

»Was ist Losung, Großvater?«

»Hi, hi, hi, Hasenscheiße! Hast du das nicht gewußt?«

Plötzlich erstarrte Großvater Román, einen Finger unter der Baskenmütze, die Augen starr wie zwei Knöpfe, und sagte, ohne dabei die Lippen zu bewegen: »Schau, da ist er.«

Langsam richtete er sich auf, rammte einen der Knüppel in die Erde und legte die Kappe auf den Griff. Dann beschrieb er wie unabsichtlich einen kleinen Halbkreis, während er dem Jungen halblaut Anweisungen erteilte: »Beweg dich nicht, Sohn, sonst läuft er weg. Siehst du den weißen Stein, zwei Meter von dem Knüppel entfernt? Schau, dort lehnt der fuchsschlaue Hase. Beweg dich nicht, hörst du? Siehst du nicht, wie er glotzt? Still, Sohn, still.«

Nini konnte den Hasen nicht sehen, aber als der Großvater mit dem anderen gezückten Knüppel auf ihn zuging, entdeckte er ihn. Die gelblichen Augen des Tiers, auf die Baskenmütze des Großvaters gerichtet, phosphoreszierten zwischen den Erdschollen. Nach und nach gewannen die verschwommenen Umrisse des Tiers für den Jungen an Deutlichkeit: die Schnauze, die an den Rücken angelegten bläulichen Ohren, das kaum vorstehende Hinterteil. Wie die Häuser des Dorfs bildete der Hase in wundersamer Mimikry einen einzigen Körper mit der Erde.

Der Großvater ging seitlich auf ihn zu, fast ohne ihn anzublicken, und als er drei Meter von ihm entfernt stand, warf er seinen Hirtenstab durch die Luft wirbelnd auf ihn. Der Hase erhielt den Schlag auf den Rücken, ohne sich zu bewegen, und plötzlich tat er sich auf wie eine Blüte und zuckte einige Sekunden in der Ackerfurche krampfhaft zusammen. Großvater Román sprang auf ihn drauf und packte ihn an den Ohren. Seine Augen funkelten.

»Er ist wie ein ausgewachsener Hund, Nini... wie findest du das?«

»Gut«, sagte der Junge.

»Ging sauber, nicht?«

»Ja.«

Aber dem Kleinen gefiel die Heldentat des Großvaters nicht. Grundsätzlich widerstrebte ihm der Tod in all seinen Formen. Erst mit der Zeit veränderte sich seine Einstellung; das heißt, er konnte nur den Tod der Ratten hinnehmen, weil diese sein Lebensunterhalt waren, sowie den der Raben und Elstern, weil ihr düsteres Gefieder ihn an die Beerdigung des Großvaters Román und der Großmutter, der Erleuchteten, gemahnten, an die beiden Särge, die nebeneinander auf Simeonas Karren gelegen hatten. Aus dem gleichen Grunde haßte der Junge Matías Celemín, den Wilderer. Der Großvater zumindest stellte sich den Hasen auf freiem Feld, während der Wilderer ihnen in ihrem Bett auf den Leib rückte, ihnen den Schädel mit einem Schrotschuß zerschmetterte, ohne ihnen einen Ausweg zu lassen.

Trotz allem gab der Wilderer nicht die Hoffnung auf.

»Nini, Spitzbube, sag mir, wo stellt der Dachs. Du kriegst einen Duro, wenn du es herausfindest.«

Die Augen des Wilderers waren grau und kämpferisch wie die eines Adlers. Seine von Sonne und Hochlandwind gebräunte Haut legte sich in tausend Falten, wenn er lachte, und das geschah immer, wenn er den Jungen ansprach, und dann ließ sein Mund ein paar furchterregende, blutrünstige Zähne sehen.

Bei Großvater Román lernte Nini alles über den Hasen; er erfuhr, daß der Hase Reißaus nimmt oder sich zwischen den Schollen versteckt; daß er an Regentagen unter Rebstöcke und junge Fichten flüchtet, daß, wenn es vom Norden her bläst, er sich südlich von Heide oder Weißdorn versteckt, und wenn es aus dem Süden weht, er sich nordwärts legt; daß er an sonnigen Novembermorgen den liebevollen Schutz der Hänge aufsucht. Er lernte den Hasen der Niederungen erkennen – braun wie die Erde der Talsohle –, den des Berglands – rot wie die Erde des Berglands. Er lernte, daß der Hase am Tag ebenso gut sieht wie bei Nacht, und auch, wenn er schläft; er lernte den Geschmack des mit der Flinte erlegten Hasen von dem mit Stockschlägen und dem mit dem Windhund erlegten Hasen zu unterscheiden; nach einer Hetzjagd schmeckt er scharf und säuerlich. Schließlich lernte er, ihn in seinem Nest mit der gleichen Leichtigkeit auszumachen, als hätte es sich um einen Raben gehandelt, lernte, in der tiefen Stille der Nacht seinen heiseren, kehligen Ruf zu erkennen.

Doch an Großvater Románs Seite lernte der Junge auch, das Leben ringsherum zu begreifen. Im Dorf schmähten die Menschen die Einsamkeit, und angesichts der Nebeltage, der Dürre oder des schwarzen Frostes fluchten sie und sagten: »In dieser Wüste kann man nicht leben.« Nini, der Kleine, wußte jetzt, daß das Dorf keine Wüste war und daß auf jedem Tagwerk von Saatfeld oder Brachland eine Hundertschaft von Lebewesen wimmelte. Er brauchte sich nur niederzukauern und zu beobachten, um sie zu entdecken. Ein paar Spuren, ein paar Stechlinge, ein paar Exkremente, eine Feder auf dem Erdboden vermittelten ihm ohne weiteres die Gegenwart der Zwergtrappen, der Wiesel, des Igels oder des Triels.

Doch einmal – zur Zeit der heiligen Scholastik mochten es zwei Jahre her sein – schabte Großvater

Román sich den Bart und wurde krank. Die Großmutter, die Erleuchtete, die in der Höhle jede Nacht bei ihm wachte, fand man eines Morgengrauens steif auf dem Schemel sitzend, ohne Veränderung in ihrer Haltung oder ihrem Gesicht, wie schlafend. Großmutter, die Erleuchtete, führte alljährlich für die wohlhabenden Familien der Umgebung die Schlachtung durch und durfte sich rühmen, daß kein einziges Schwein mehr als dreimal grunzte, nachdem sie ihm den Gnadenstoß versetzt hatte, und daß in ihrem langen Leben nie Exkremente herausquollen, wenn sie das Tier ausweidete.

Als Simeonas Karren mit dem Sarg zur Höhle gelangte, war mittlerweile auch Großvater Román gestorben, und so mußte sie wegen eines zweiten talabwärts fahren. Simeonas Esel zog fröhlich die beiden Totenbahren den Wassergraben hinunter, doch bei der Ankunft auf dem Brückchen schlitterte das linke Rad in eine der Fugen, und der Karren fiel in den Fluß. Der Sarg von Großmutter, der Erleuchteten, brach auf, und sie kam zum Vorschein, seelenruhig umherblickend, mit offenem Mund, gleichsam überrascht, die Hände im Schoß. Doch dort in der Kiste im schmutzigen Wasser schwimmend, glich sie einer Frau in einer Konservenbüchse. Als Señora Clo, die vom Tabakladen, sich über den heiteren Gleichmut des Leichnams äußerte, meinte sie, die Erleuchtete, dazu bestimmt, unter der Erde zu leben, könne der Tod nicht schrecken.

Als Nini und Onkel Rattenfänger vom Friedhof zurückkehrten, war Großvater Abundio mit seinen Klappmessern und Rebenschneidescheren bereits abgezogen, niemand wußte, wohin.

IV

Onkel Rattenfänger legte sich nieder, preßte ein Ohr an den Erdboden und hörte angestrengt das Erdinnere ab. Dann richtete er sich auf, deutete mit dem Eisenstachel auf das Loch neben dem Flußbett und sagte: »Da ist sie.«

Die Hündin bewegte ihren Schwanzstummel und beschnupperte gierig die Öffnung des Lochs. Schließlich duckte sie sich, den kleinen Kopf zur Seite gelegt, und verharrte regungslos lauernd.

»Aufgepaßt, Köter«, sagte Rattenfänger und stieß mit einem Stoß den Eisenstachel einen Meter vom Ufer entfernt in die Tiefe.

Die Ratte stob blitzschnell an der Schnauze des Tiers vorbei und entwischte zwischen dem trockenen, raschelnden Schilfrohr des Ufers.

Nini schrie: »Auf sie, los!«

Fa sauste wie ein Blitz hinter der Ratte drein. Der Mann und der Junge liefen auf der Böschung entlang und spornten das Tier mit ihren Schreien an. Nun entstand eine holperige Verfolgung zwischen schadhaftem Rohr und Winden. In ihrem Ungestüm zerbrach die Hündin die dünnen Stengel der Teichkolben, die Rohrkolben senkten sich über das Flüßchen, und die Strömung bewegte sie sanft hin und her. Plötzlich blieb die Hündin stehen. Onkel Rattenfänger und Nini errieten ihren Standort haargenau an den schlanken senkrechten Teichkolben, wo die im Gestrüpp entstandene Höhlung sich schloß.

»Hol sie, Fa«, sagte Nini.

Die Teichkolben bewegten sich einen Augenblick,

man hörte dumpfes Kampfgetöse, endlich ein kurzes Knurren, und Onkel Rattenfänger sagte: »Sie hat sie schon.«

Die Hündin, die Ratte quer im Maul, kehrte zu ihnen zurück und wedelte triumphierend mit ihrem gestutzten Schwanz. Onkel Rattenfänger nahm der Hündin die Ratte aus dem Maul.

»Ein prächtiges Rattenmännchen«, sagte er.

Die Rattenzähne schauten unter der Schnauze hervor, erstarrt in nutzloser Angriffslust.

Seit Sankt Zacharias waren der Mann und der Junge jeden Morgen zum Fluß hinuntergestiegen. Und zwar seit Nini seinen Verstand zu gebrauchen wußte. Es galt, die Herbstzeit und den Winter zu nutzen. In diesen Jahreszeiten verlor das Flußbett sein Laub, und das Weidengebüsch sowie Merk, Minze und Winde bildeten dürres Abfallgestrüpp, durch das die Hündin leicht hindurchschlüpfte. Nur das Schilfrohr mit seinen stolzen Federbesen und die Teichkolben mit ihren schwarzen Köpfen stellten im Fluß Dauer und Fortleben unter Beweis. Die spärlichen Binsen der Uferzeile vergilbten an den Spitzen wie etwas Hinfälliges, dem Vergehen Geweihtes. Trotzdem begrünte sich das Rinnsal beim Nahen des Frühlings Jahr für Jahr, die Binsen reckten sich von neuem, das Schilfrohr bekleidete sich mit lanzettförmigen Blättern, und die Kolben der Teichkolben ließen das weiße Flaumhaar ihrer Federkronen über die Felder ausschwärmen. Der klebrige Duft des wilden Kreuzkrauts und die knappe Blüte des Merks, der die Pfade verstopfte, vereitelten jeden Verfolgungsdrang der Hündin. Der Augenblick der Schonzeit war gekommen, und Onkel Rattenfänger, der die Brunst der Ratten achtete, zog sich bis zum nächsten Herbst in seine Höhle zurück.

Onkel Rattenfänger beabsichtigte nicht, die Ratten auszurotten. Gelegentlich, wenn die Hündin unruhig wurde und er am Ausgang der Höhlung vier trockene Kräuter bemerkte, suchte er sie von ihrer Absicht abzubringen: »Sie nisten, geh weiter!«

Die Hündin zog sich widerstandslos zurück. Zwischen ihr, Nini und Onkel Rattenfänger herrschte stillschweigendes Einverständnis. Die drei wußten, wenn sie den Wurf vernichteten, würden sie sich am Ende nur ihres täglichen Brotes berauben. Die Ratten pflanzten sich alle sechs Wochen fort und brachten mit jedem Wurf fünf bis sechs Junge zur Welt. Jeder Wurf bedeutete mindestens vierzig Reales, und das war nicht zu verachten. Fa verhielt sich gleichfalls passiv, wenn die Höhle sich unter der Wasseroberfläche öffnete, wußte sie doch, daß ihr Eingreifen nutzlos war. In diesen Fällen war Onkel Rattenfänger auf sich gestellt. Er streckte die rechte Hand in den tiefen Schlick und tastete den Umfang der Höhlung mit der Handfläche ab; dann stieß er mit der linken zu, und das plötzliche Patschen der flüchtenden Ratte verriet ihm ihre Anwesenheit. Gleich darauf spürte er auf der Haut klebriges Kitzeln, und sofort schloß er schlagartig die mächtige Faust und riß triumphierend die an der Schnauze gepackte Beute an die Oberfläche. Ein heftiger Ruck am Schwanz genügte, um ihr das Rückgrat zu brechen.

Um Sankt Sabas biß eine Ratte Onkel Rattenfänger. Zu jener Zeit hatte das Dorf vor etwa vier Wochen die Aussaat beendet. Señor Rufo, der Hundertjährige, pflegte zu sagen: »Nach Allerheiligen säe Weizen und ernte Disteln«, und die Bauern achteten abergläubisch darauf, dieses Datum nicht zu überschreiten. Und dieses Jahr, als gehorchten sie einer Losung, baumelte auf jedem Ackerstück, mit dem Schnabel nach unten an einen Pflock gebunden, eine Rabenleiche. Die Raben strichen zwei Tage lang in der Umgebung herum und flogen schließlich in Richtung Norden davon. Virgilín Morante, der von der Señora Clo, lachte sich in der Taverne halbtot.

»Die von Torrecillórigo werden uns noch dankbar sein«, sagte er.

Doch die Raben zogen ab, und dafür blieb der Regen aus. Und Rosalino, der Werkführer Don Anteros, des Mächtigen, sagte: »Wenn es um die heilige Leocadia herum nicht regnet, müssen sie von neuem einsäen.«

Und Pruden, dessen Argwohn vom Mißgeschick angestachelt wurde, entgegnete ihm, das Übel träfe nur die Armen, denn mit Hilfe von Maschinen, wie sie es täten, käme die Sache sie billig zu stehen. Señor Rosalino, der, ohne sich zu recken, mit seinem Kopf die ersten Zweige der Pappeln am Flußufer berühren konnte, lachte laut heraus: »Mit der Hand säen heute nur noch Bettler und Blödiane«, sagte er.

Gegen Abend hatte sich der untröstliche Pruden in der Höhle eingefunden: »Nini, es regnet nicht, was zum Teufel sollen wir denn anstellen, damit es regnet?«

»Warten«, sagte der Kleine ernst. Und Pruden senkte die Augen, weil Ninis ruhiger Blick ihn aus dem Konzept brachte.

Um Sankt Sabas, als die Ratte Onkel Rattenfänger in den Finger biß, schwebte am stillen Herbsthimmel eine rote und erdkugelrunde Sonne. Zum Dorf hin verschmolz lauwarmer Dunst mit dem kriechenden Rauch des in den Hausherden verbrennenden Strohs. Der auf Taubenjagd gehende Baumfalke kreiste über dem Glockenturm und flatterte wild mit den Flügeln, doch ohne vorwärts noch rückwärts zu fliegen.

Der Junge spähte über den Hügelhorizont zum Himmel und sagte: »Es könnte morgen regnen.«

»Es könnte«, sagte der Rattenfänger und ließ sich schwerfällig auf den Uferrand nieder.

Onkel Rattenfänger öffnete seine Jagdtasche und zog ein halbes speckbelegtes Brot heraus. Er teilte es und reichte die Hälfte dem Jungen. Dann zerschnitt er auch den Speck und schob sich die auf die Messerspitze gespießten Speckstücke in den Mund.

»Tut das weh?« fragte der Junge.

Der Rattenfänger schaute seinen schwieligen Finger mit den drei blutroten Tupfen an.

»Es tut nicht mehr weh«, sagte er.

Hinter dem Leiterwagen, der den Acker von Bürgermeister Justito mit Dünger versah, ertönte die Herdenschelle von Großstummel, dem Hirten. Moro, der Hund, war vorausgelaufen und sah ihnen entsagungsvoll mit wedelndem Schwanz beim Essen zu. Nach einer Weile lief er auf die Hündin zu, und Fa knurrte ihn mit gefletschten Fangzähnen an.

Großstummel trug den Schaffellponcho über einer Schulter und sagte nach einem Blick auf die Sonne: »Ist denn im Himmel nicht ein Tropfen Wasser übrig?«

Er drehte sich eine Zigarette, ohne auf eine Antwort zu warten, zündete sie an, tat zwei tiefe Züge und blickte grollend auf sein Feuerzeug.

»Die meinen also, sie können uns darauf mit einer Steuer belegen«, sagte er.

Onkel Rattenfänger gönnte ihm keinen Blick.

Großstummel fügte hinzu: »Eher werfe ich ihn ins Wasser, du wirst schon sehen.«

Er rauchte stehend, stützte sich auf seinen Hirtenstab, regungslos, den Blick ins Weite gerichtet, wie ein Standbild. Die Glocken der Schafe schellten ringsum.

Der Rattenfänger fragte mit einemmal: »Hast du ihn gesehen?«

Er deutete mit dem Daumen in Richtung Torrecillórigo.

»Dieses Jahr ist er noch nicht herausgekommen«, sagte der Hirt, ohne seine Stellung zu verändern.

»Malvino hat ihn gesehen«, sagte der Rattenfänger.

»Das stimmt nicht.«

»Malvino hat ihn gesehen«, beharrte der Rattenfänger.

In der Taverne hatte Malvino ihn am Vorabend gewarnt: »Vorsicht mit dem, Rattenfänger, der wird dir dein Brot wegnehmen. Bevor er noch geboren wurde, gingst du schon deinem Beruf nach.«

Großstummel, der Hirt, warf die Kippe in den Fluß. Dann sagte er nach langem Nachdenken: »Leg mir ein paar Ratten hin, du, los. Für sieben Reales das Stück, einverstanden?«

»Gut, aber gib mir das Männchen.«

Onkel Rattenfänger richtete sich auf, räkelte sich träge und spähte am Flußlauf entlang, wobei er die Augen mit der Hand gegen die Sonne abschirmte.

Der Hirte sagte verärgert: »Ich sage dir, er ist nicht jagen gegangen, Rattenfänger. Genügt dir mein Wort nicht?«

»Malvino hat ihn gesehen«, knurrte der Rattenfänger ungerührt zwischen zusammengebissenen Zähnen.

Großstummel betastete gierig den Rücken der Ratten, bevor er sie einsteckte. Als er ging, sagte er: »Viel Glück!«

Bei Sonnenuntergang kehrten der Mann und der Junge ins Dorf zurück. Der Dunst verdichtete sich über den Häusern, das Saatgut und das frisch beackerte harte Stoppelfeld knirschten unter den Füßen. Die müde Hündin trabte fußwund hinter ihnen drein. Justinos Tauben waren bereits in den Taubenschlag heimgekehrt, und nur vier Buben belebten mit ihren Spielen die kältestarren Dorfgassen.

In der Taverne hingegen herrschte leidlich lebhafter Betrieb. Eine nackte Glühlampe warf ihr gelbliches Licht über die Tische. Frutos, der Schöffe, spielte in der Ecke mit Virgilín Morante, dem Ehemann der Señora Clo, seine ewige Partie Domino, und der trällerte mechanisch und betonte das Ende jeder Strophe, indem er mit den Spielsteinen auf das Spielbrett trommelte.

Kaum daß er sie gesehen hatte, sagte Pruden: »Malvino, stell für den Rattenfänger ein Glas hin.«

Das war ungewöhnlich, denn Pruden galt als geizig. Doch Pruden wirkte an diesem Abend aufgekratzt. Er packte Nini nervös am Genick und erklärte ihm wirr etwas über einen Bewässerungsplan, von dem die Zeitung berichtete und der auch das Dorf einschließen sollte. Aufgeregt sagte er zu dem Jungen, sobald er sich auf die Hinterbank gesetzt hatte: »Stell dir vor, Nini, dann spielt es keine Rolle mehr, ob es regnet oder nicht. Wenn Pruden Wasser will, braucht er nur die Schleuse zu öffnen, und schon fließt es. Kannst du dir das vorstellen? Wir werden aufhören, qualvoll jeden Tag, den Gott gibt, den Himmel abzusuchen.«

Eine lange Pause entstand. Man hörte nur die Dominosteine auf dem Spielbrett klappern und den stetig wiederholten Kehrreim Virgilín Morantes, wenn dieser sie aufeinanderstellte. Endlich sagte der Hundertjährige mit seiner kreischenden Stimme aus der gegenüberliegenden Ecke: »Wenn die Bewässerungspläne die Saatfelder zum Sprießen bringen, wird zu dieser Stunde in den Mehlkammern kein Plätzchen mehr frei sein.«

Wieder entstand eine Pause. Pruden blickte unverwandt Nini an, aber Nini tat keinen Mucks. Am Nebentisch sagte ein Mann mit eingezogenen Schultern spöttisch: »Stell zwei Gläser hin. Bevor das Wasser kommt, machen wir den Wein leer.«

Draußen war es bereits dunkel, und ein kränklicher, graugrüner Mond tauchte hinter dem Cerro Colorado auf und stieg matt über einen hohen, seltsam mineralischen Himmel dahin.

V

Um Sankt Dámaso herum ließ Señora Clo, die vom Tabakladen, Nini kommen und führte ihn zum Schweinestall: »Sieh mal, mein Sohn, der hat schon ganz schön angesetzt, meine ich.«

Der Junge maß das Ferkel mit einem Blick.

»Er hat ein Viertel Lende«, sagte er.

Aber es regnete, und da war nichts zu machen. Gegen Sankt Nicasio hörte der Regen auf, aber Nini spähte wieder zum Himmel und sagte: »Lassen Sie's sein, Señora Clo, noch ist es zu mild. Wir müssen warten, bis der Himmel sich aufklärt.«

Seit Nini von seinem Verstand Gebrauch machen konnte, hörte er immer sagen, die Señora Clo, die vom Tabakladen, sei die Drittreichste im Dorf. Vor ihr kamen Don Antero, der Mächtige, und Doña Resu, das Elfte Gebot. Don Antero, der Mächtige, besaß drei Viertel von der Gemarkung; Doña Resu und Señora Clo gehörten zusammen drei Viertel des übrigen vierten Teils, und den letzten vierten Teil teilten sich, halb und halb, Pruden und die dreißig Nachbarn der Ortschaft. Dies hielt Don Antero, den Mächtigen, nicht davon ab, an seinem Stammtisch der Stadt schamlos zu verkünden, was sein Dorf betreffe, sei das Land ziemlich gut aufgeteilt. Und vielleicht weil Don Antero, der Mächtige, so dachte, war er in der Stunde, da es galt, die eigenen Interessen zu verteidigen, nicht allzu zimperlich, und so hatte er im vergangenen Jahr gegen Justito, den Bürgermeister, einen Prozeß angestrengt, weil dieser den Taubenschlag zur Saatzeit nicht verriegelt hatte. Genau besehen verging kein Jahr, in dem

Don Antero, der Mächtige, im Dorf nicht zwei oder drei Streitereien vom Zaune brach, und zwar nicht aus Böswilligkeit, wie Señor Rosalino, der Werkführer meinte, sondern einfach, weil die Winter in der Stadt lang und langweilig waren und der Besitzer sich mit irgend etwas die Zeit vertreiben mußte. Jedenfalls mietete Don Antero für Unsere Liebe Frau von den Weingärten, das Volksfest, eine Ausschußkuh, damit die jungen Leute sie jagen und nach Lust und Laune schlagen und solcherart ihre während der vergangenen zwölf Monate in der Brust angesammelten Haß- und Grollgefühle loswerden konnten.

Drei Jahre zuvor war aus ebendiesen Gründen Nini drauf und dran gewesen, Schwierigkeiten zu verursachen. Und es wäre ganz gewiß etwas Schwerwiegendes vorgefallen, hätte nicht Don Antero, der Mächtige, eingegriffen, der aus dem Jungen einen vorbildlichen Hilfsarbeiter zu machen gedachte. Der Fall war nämlich der, daß Nini, dem das herzzerreißende Muhen der Kuh in tiefer Nacht naheging, hinter Don Antero, dem Mächtigen, herlief und die Kuh freiließ. Freilich zeitigte sein Unternehmen recht geringen Erfolg, da das Tier, als es nach einer aufgeregten Jagd übers freie Feld in den Pferch zurückgebracht wurde, ein gebrochenes Horn, eine blutende Stirn und einen mit Schlagwunden übersäten Rücken aufwies. Die Sache wurde aber noch verwickelter, als Matías Celemín, der Wilderer, boshaft bemerkte: »Das ist das Werk des Spitzbuben Nini.«

Glücklicherweise kannte Don Antero seine Geschicklichkeit und sein angeborenes Wissen und sagte daher zu Señor Rosalino, dem Werkführer: »Das ist doch nicht etwa Nini, der Sohn des Rattenfängers, der aus der Höhle, jener, der alles weiß und alles macht?«

»Genau der, Herr«, sagte Señor Rosalino.

»Dann laß ihn laufen, und an dem Tag, wenn er vierzehn wird, besorgst du ihm bei uns eine Arbeit.«

Während des Winters herrschte strenger Frost, und Don Antero, der Mächtige, tauchte selten im Dorf auf. Ebensowenig ließen Señora Clo und das Elfte Gebot sich auf ihren Äckern sehen, weder im Winter noch zur Sommerzeit, da sie diese verpachtet hatten. Aber während Doña Resu ihre Rente jeweils pünktlich in Banknoten kassierte, gleich ob es regnete oder nicht, ob es fror oder hagelte, nahm Señora Clo, die vom Tabakladen, ihre Rente in Weizen, in Hafer und in Gerste ein, wenn alles glattlief, und in guten Worten, wenn die Dinge schlecht oder gar nicht liefen. Und während das Elfte Gebot nicht auf ihre Anrede »Doña« verzichtete, war die Tabakverkäuferin schlicht und einfach Señora Clo. Und während das Elfte Gebot dürr war, zänkisch und schroff, so war Señora Clo, die vom Tabakladen, fett, gemütvoll und herzlich; und während Doña Resu, das Elfte Gebot, jeglicher Berührung mit dem Volk aus dem Wege ging und ihre einzige bekannte Tätigkeit in der Berichterstattung über alle frommen Werke und in der bösen Nachrede bestand, war die Señora Clo, die vom Tabakladen, eine gute Plauderin, betreute Laden und Lager höchstpersönlich; sie hatte sich im Vorjahr in der Sorge um das Dompfaffpärchen verzehrt und dieses Jahr um ihren Ehemann, den Virgilio, einen blonden, feinen und gebildeten jungen Mann, den sie aus der Stadt herübergebracht hatte und von dem Malvino, der Tavernenwirt, behauptete, er habe einen Platz zum Aufhängen seines Hutes gefunden.

Nini, der Kleine, war an der Sache mit den Dompfaffen unmittelbar beteiligt. Die Vögel hatte Señora Clo von ihrer Schwägerin, der aus Mieres, die mit einem

Angestellten des Telegrafenamts verheiratet war, noch als Nestlinge geschenkt bekommen. Sie sperrte sie in einen bildschönen vergoldeten Käfig, dessen Vogelnäpfchen blau gestrichen waren, und fütterte sie mit Hanfsamen und echter Hirse, und gegen Abend stellte sie in den Käfig einen mit Watte umhüllten heißen Backstein, damit es den Vögelchen nicht an Mutterwärme fehlte. Als sie groß waren, schob Señora Clo ein Lattichblatt zwischen den Stäben sowie ein Tuffsteinchen hindurch, jenes, damit sie sich den Bauch erleichterten, und dieses, um daran die Schnäbel zu wetzen. Señora Clo schwatzte in einsamen Stunden freundschaftlich mit den Vögeln, und wenn sie etwas zu beanstanden hatte, wies sie sie liebevoll zurecht. Die Dompfaffen betrachteten sie so schließlich als echte Mutter, und jedesmal, wenn sie sich dem Käfig näherte, plusterte das Männchen den lachsfarbenen Brustflaum auf, als wolle es sie umarmen. Und sie sagte honigsüß: »Wollen mal sehen, wer mir zuerst ein Küßchen gibt?«

Und die Vögel gerieten in Aufruhr und stritten sich darum, wer als erster seinen kurzen Schnabel an den dicken Lippen ihrer Herrin reiben würde. Auch warnte Señora Clo sie, wenn sie untereinander zankten: »Streitereien, nein, hört ihr? Keine Streitereien, verstanden!«

Um Sankt Felix de Cantalicio mochten es vier Jahre her sein, daß Nini der Señora Clo ein leeres Birkenzeisignest geschenkt und sie darauf aufmerksam gemacht hatte, daß die Dompfaffen sich auch in der Gefangenschaft fortpflanzen konnten, und die Frau war so selig, als habe man ihr verkündet, sie werde in Kürze Großmutter werden. Und tatsächlich bemerkte Señora Clo eines Morgens beim Erwachen höchst verblüfft, daß das Weibchen auf dem Nest lag, und als sie auf den Käfig zutrat, kam es nicht näher, um ihr den gewohnten Kuß zu geben.

Das Tierchen wechselte während der gesamten Brutzeit nicht seine Stellung, und nach etlichen Tagen erschienen im Nest fünf rosige Junge, und Señora Clo stürzte voller Rührung auf die Straße und begann, die frohe Botschaft in alle vier Winde auszuposaunen. Doch die Freude währte nur kurze Zeit, denn nach wenigen Stunden starben zwei der Vogeljungen, und die anderen drei begannen die Schnäbel derart verzweifelt auf- und zuzumachen, daß man meinen konnte, ihnen fehle die Luft zum Atmen. Señora Clo ließ Nini kommen, und auch wenn der Junge in den darauffolgenden Stunden aufmerksam über den Vögeln wachte und sich abmühte, sie zu bewegen, Waldbeeren und Samenkerne aller Arten zu schlucken, starben die anderen drei kleinen Dompfaffen im Morgengrauen, und Señora Clo, untröstlich, zog in die Stadt, wo ihre Schwester wohnte, um Vergessen zu suchen. Zwölf Tage später kehrte sie zurück, und Nini, der sich bei Sabina aufhielt, welche die Betreuung des Ladens übernommen hatte, bemerkte, daß Señora Clos Augen wie die einer Schülerin leuchteten. Sie sagte mit unbeholfener Hast zu Sabina: »Um Sankt Amancio wird geheiratet, Sabina. Er heißt Virgilio Morante und ist blond und hat blaue Augen wie Juwelen.«

Und als Virgilio Morante ins Dorf kam, so jung, so unerfahren, so unscheinbar, beguckten die Bauern ihn geringschätzig, und Malvino erzählte in der Taverne herum, das Jüngelchen sei aufgeweckt und habe einen Platz zum Aufhängen seines Hutes gefunden. Worauf der Virgilio zwei Gläschen kippte und das Lied »Die Klingler« anstimmte und Onkel Rufo, den Hundertjährigen, vor lauter Gefühlsüberschwang zum Weinen brachte. Da löste er doch bei allen Bewunderung aus und zurückhaltende Achtung, und von nun an, sobald sie ihn trafen, sagten sie zu ihm: »Los, Virgilín, Hübscher, spiel mal auf.«

Und er tat ihnen den Gefallen oder entgegnete womöglich: »Heute nicht, verzeiht mir. Ich bin nicht bei Stimme.«

Und während der Schlachtzeit wurden die Unterhaltungen im Hause der Señora Clo ziemlich sinnlos. Denn die Leute fanden sich dort nur für das Vergnügen ein, Virgilín Morante singen zu hören. Und sogar Nini, der Kleine, der seit dem Verscheiden der Großmutter, der Erleuchteten, das Amt des Schlächters ausübte, fühlte sich ein wenig zurückgesetzt.

Um Sankt Albino herum klarte der Himmel auf, und Nini ging ins Dorf hinunter, führte das Schwein der Señora Clo eine Stunde lang spazieren und verschrieb ihm eine Diät von Wasser und Kleie. Zwei Tage später sank herber Frost auf das Dorf. Mittlerweile hatten sich die Ammern und Stare bereits gemausert, schon kam der Winter, und die Ackerschollen schimmerten von Rauhreif und wurden hart wie Granit, der Fluß führte Eis mit, und jeden Morgen rekelte sich das Volk dort unter einer kristallinen Luft, in der das leiseste Geräusch wie ein Peitschenhieb knallte.

Als Rattenfänger und Nini bei Tagesanbruch bei der Señora Clo eintrafen, herrschte im Hause so etwas wie Festtagslärm. Aus der Stadt waren die Nichten und Neffen heruntergekommen, und auch Sabina und Pruden und sein kleiner Sohn, der Mamertino, waren zugegen, und die Señora Librada und Justito, der Bürgermeister, und José Luis, der Gerichtsvollzieher, und Rosalino, der Werkführer, und Malvino und Mamés, der

Stumme, und Antoliano und Señor Rufo, der Hundertjährige, mit seiner Tochter, der Simeona, und als sie alle eintraten, hatte Virgilio ein ergreifendes Lied angestimmt, und alle hörten mit offenen Mündern zu, und als er endete, brachen sie in Ovationen aus, und um seine Schüchternheit zu verbergen, verteilte Virgilio geröstete Brotbrocken und Gläschen mit Branntwein an die Gäste. Im Hintergrund sprühte das Herdfeuer Funken, und auf dem Tisch und den Regalen hatte Señora Clo fein säuberlich Zwiebeln, Brotkrumen, Reis und Zucker für die Blutwürste verteilt. Am Fuß des Herdes, wo die Messer der Größe nach aufgereiht lagen, standen eine Lehmschüssel, drei eisenbeschlagene Bottiche und ein glänzender Kupferkessel zum Schmelzen des Schweinefetts.

Im Korral zogen die Männer ihre Kordsamtjacken aus und krempelten die Hemdsärmel auf, trotz des Rauhreifs und obwohl der Atem in der Luft vereiste. Der Hundertjährige schleppte sich schwerfällig hinterher und rieb die Hände aneinander, während er psalmodierte: »Am Dienstag sollst du weder deinen Sohn verheiraten noch dein Schwein schlachten.«

Als Señora Clo das hörte, wandte sie sich gereizt um: »Laß das dumme Geschwätz. Und wenn dir das nicht paßt, dann verschwinde.«

Dann ging sie schnurstracks auf ihren Mann zu, der sich wie die anderen die Ärmel hochgekrempelt hatte und unbehaarte weiße Ärmchen zur Schau stellte, und sagte: »Du nicht, Virgilio. Du könntest dich erkälten.«

Antoliano öffnete den Schweinestall, und sobald das Ferkel den Kopf vorstreckte, packte er es mit seiner Eisenfaust am Ohr und warf es mit Hilfe von Malvino, Pruden und José Luis auf die Seite. Als die Buben das Schweinchen so liegen sahen – das wie ein Todeskandidat brüllte und dessen Schnauze bei jedem Schrei eine Dampfwolke umschwebte –, wurden sie mutig und begannen, es am Schwanz zu ziehen und ihm Fußtritte in den Bauch zu versetzen. Dann legten sechs Männer es auf die Bank, und Nini horchte es ab, zog mit einem Stück Kreide ein Kreuz auf sein Herz, und als Onkel Rattenfänger es mit der gleichen Sicherheit abstach, mit der er den Stachel in das Flußbett stieß, wandte der Kleine ihm den Rücken zu und zählte die Grunzer des Tiers, einen nach dem anderen, von eins bis drei. Plötzlich krakeelte Pruden: »Ist schon krepiert!«

Nun machte Nini eine Kehrtwendung, trat auf das Schwein zu und führte mit geschickten Händen ein Kohlkopfblatt in die Wunde ein, um die Blutung zu stillen, schließlich riß er dem Tier das Maul auf und schob einen Stein hinein.

Die Männer scharten sich um ihn, und die Frauen tuschelten weiter hinten. Gedämpft hörte man Sabinas Stimme: »Armes Biest! Immer, wenn ich eines so sehe, muß ich an Jesus unter den Pharisäern denken.«

Nini suchte die Erinnerung an Großmutter, die Erleuchtete, zu verdrängen, um keine Fehler zu begehen. Geschickt deckte er die Tierleiche mit Roggenstroh zu und zündete es an; er nahm einen brennenden Armvoll und brannte behutsam die Achselhöhlen, die Klauen und die Ohren ab. Beißender Brandgeruch stieg auf, und zum Schluß hieben Mamertino, Prudens Kleiner, und die Neffen der Señora Clo dem Tier die Hufe ab und verzehrten die Röhrenbeine.

Der Augenblick der Prüfung war gekommen, nicht weil das Ausnehmen des Schweins eine schwierige Aufgabe wäre, sondern weil bei dieser Gelegenheit ein Hinweis auf Großmutter, die Erleuchtete, sich als unvermeidlich erwies. Ninis Hand, welche das Messer hielt, zitterte leicht, als Malvino hinter seinem Rücken grölte: »Aufgepaßt, Nini, deine Großmutter hat bei so was nie Scheiße fabriziert!«

Der Kleine entwarf im Geist eine von den Zitzen gleich entfernte Linie und zog die Halbierungslinie ohne Zaudern von der Wamme bis zum After. Dann, als er behutsam die Eingeweidehaut mit einem einzigen Schnitt teilte, entstand ringsum Gemurmel allgemeiner Bewunderung. Die Eingeweide stanken stark und ekelerregend, er kippte sie in verschiedene Eimer und führte zum Schluß zwei Stecken als Keil in die Öffnung ein. Schließlich halfen ihm Antoliano und Malvino, das Ferkel mit der Schnauze nach unten aufzuhängen. Aus ihr rann ein Blutfaden, der auf den bereiften glatten Steinen des Korrals eine rötliche Lache bildete.

Señora Clo ging auf Nini zu, der sich in einem Eimer die Hände wusch, und sagte freundlich zu ihm: »Du arbeitest rascher und genauer als deine Großmutter, mein Söhnchen.«

Nini trocknete sich an den Hosenbeinen ab. Er fragte: »Soll ich zum Zerlegen runterkommen, Señora Clo?«

Sie faßte einen Eimer mit jeder Hand.

»Brauchst du nicht, darum kümmere ich mich«, sagte sie.

Sie wandte sich zum Haus, in das die Männer gerade eingetreten waren, und rief von der Tür aus, den Kopf ein wenig auf die Seite legend: »Komm und iß einen Bissen mit den Männern, Nini.«

In der Küche redeten die Eingeladenen und lachten grundlos, mit Ausnahme von Onkel Rattenfänger, der mal den einen, mal den anderen verständnislos angaffte. Ihre Nasen und Ohren waren zinnoberrot, doch das hinderte die Männer nicht, die lederne Weinflasche und das Tablett unermüdlich weiterzureichen. Mit einemmal stieß Pruden ohne jeglichen Grund oder vielleicht, weil es um Sankt Damaso geregnet hatte und jetzt die Sonne schien, eine Lachsalve aus und wandte sich gleich darauf an Nini mit der hartnäckigen Absicht, ihm sein Hochgefühl zu übermitteln: »Kannst du nicht lachen, Nini?« fragte er.

»Natürlich kann ich das.«

»Warum lachst du dann nicht? Lach doch mal los, Donnerkeil.«

Der Junge blickte ihn fest und ruhig an.

»Worüber denn?« fragte er.

Pruden lachte wieder los, diesmal zwanghaft. Dann blickte er einen nach dem anderen an, als warte er auf Zustimmung, da aber alle seinem Blick auswichen, senkte er die Augen und fügte dunkel hinzu: »Was weiß ich, worüber! Niemand braucht einen Grund zum Lachen, finde ich.«

VI

Aber Nini lachte doch öfter, auch wenn er nicht so wild und wahnsinnig herauslachte wie die Männer beim Schlachten oder wenn sie sich in Malvinos Taverne betranken oder wenn sie das Wasser vom Himmel stürzen sahen, nachdem sie ganze Monate hindurch angstvoll darauf gewartet hatten. Er lachte auch nicht wie Matías Celemín, der Wilderer, jedesmal, wenn der sich an ihn wandte und dabei seine wettergegerbte Elefantenhaut in tausend Falten runzelte und dabei seine Raubtierzähne bedrohlich fletschte.

Nini empfand für den Wilderer nicht die geringste Sympathie. Der Junge verabscheute den Tod, insbesondere den jähzornigen und heimtückischen Tod, und gerade der Wilderer rühmte sich, in dieser Hinsicht ein Meister zu sein. Eigentlich hatten die Umstände Matías Celemín dahin gebracht. Und wenn er bisweilen raubtierhafte Instinkte zeigte, so hatte er sie geflissentlich bis nach dem Krieg verborgen. Doch der Krieg hatte manche Berufung vereitelt, manche Empfindsamkeit abgestumpft und manche Bestimmung, unter anderem die von Matías Celemín, dem Wilderer, gelenkt.

Vor dem Krieg war Matías Celemín zu den Versteigerungen der nächstgelegenen Dörfer gegangen und hatte für einen hügeligen Kiefernwald seelenruhig vier- oder fünftausend Reales geboten. Der Wilderer glaubte ziemlich sicher, sich nicht die Finger dabei zu verbrennen, denn er verstand in seinem Kopf mit Zahlen bis zu fünftausend Reales zu jonglieren, sie zu summieren und von ihnen die Rechnung der Raffzähne abzuziehen und glaubte sich unverbrüchlich sicher, letzten

Endes genau zu wissen, ob er aus einer Anlage Profit schlagen werde oder nicht. Doch dann kam der Krieg, und die Leute begannen, in Peseten zu rechnen, und bei den Versteigerungen ging man bis zu zwanzig- und sogar bis zu dreißigtausend hinauf, und bei diesen Ziffern konnte er nicht mithalten, weil er sie überdies mit vier multiplizieren mußte, um sie auf Reales zurückzurechnen, jene Einheit nämlich, mit der er umzugehen verstand; bei den Auktionen füllte sich sein Kopf wie mit Rauch, und er wagte nicht, zu bieten. So begann er zu verzagen und sich zurückzuziehen. Es genügte nicht mehr, daß man zu ihm sagte: »Matías, alles kostet zehnmal soviel wie früher.«

Über fünftausend Reales hinaus war der Wilderer hilflos, und dann sagte er zu sich: Matías, für ein Rebhuhn kriegst du hundert saubere Reales ohne Federlesen und vierhundert für einen Fuchs, und von einem Dachs wollen wir schon gar nicht reden. Und plötzlich fühlte er sich fähig, so gerade oder so krumm zu denken wie die Füchse und die Dachse und sogar jemanden zu übertölpeln. Und so fühlte er sich gleichermaßen imstande, den Preis einer Kartätsche zu berechnen, wenn er das Pulver zu Hause mit Chlorat und Zucker herstellte und diese mit Nagelköpfen füllte. Und von diesem Tag an begann sein Blick sich zu schärfen und seine Haut sich zu bräunen, und im Dorf sagten sie, wenn jemand ihn erwähnte: »Hui, der!«

Und Doña Resu, das Elfte Gebot, äußerte sich noch vernichtender und sagte, er sei ein Landstreicher und ein Bösewicht, ein Taugenichts wie die Höhlenbewohner und die Gelegenheitsarbeiter aus Estremadura.

Matías Celemín, der Wilderer, pflegte nachts zu wachen und tags zu schlafen. Das Morgenrot überraschte ihn im allgemeinen auf dem Hochland, am Waldrand, und zu dieser Stunde hatte er bereits ein halbes Dutzend Schlingen für die Hasen gelegt, die vom Feld zurückkehrten, einen Halsstock für den Fuchs und eine Handvoll Reifen und Steckgarn auf die Rebhuhnfährten. Manchmal benutzte er den Karren der Simeona oder den Fordson des Mächtigen, um sich einem Schwarm Trappen zu nähern und ein paar Prachtexemplare zu fangen. Der Wilderer beachtete weder Gesetze noch Verordnungen, und im Frühling und im Sommer zog er aufs Feld, die Flinte geschultert, als sei dies das Natürlichste auf der Welt, und wenn er zufällig auf Frutos, den Schöffen, stieß, sagte er zu ihm: »Ich gehe auf kleines Raubzeug, Frutos, damit du Bescheid weißt.«

Und Frutos, der Schöffe, sagte dann nur: »Gut, gut« und zwinkerte ihm zu. Für Frutos, den Schöffen, waren die Unbilden des Wetters schädlich, weil die Sonne die Gesundheit der Menschen auffrißt, genau wie sie die Farben der Mädchenkleider bleicht, und aus diesem Grund verbrachte er die Mußestunden mit Malvino beim Dominospielen.

Häufig reichte der Scharfsinn des Wilderers nicht aus, und dann suchte er bei Nini Unterstützung: »Nini, Spitzbube, sag mir, wo der Dachs umgeht. Du kriegst einen Duro, wenn du's genau weißt.«

Oder er sagte: »Nini, Spitzbube, seit einer Woche spüre ich dem Fuchs nach und krieg' ihn nicht zu fassen. Hast du ihn gesehen?«

Der Junge zuckte die Achseln, ohne die Miene zu verziehen. Sodann rückte der Wilderer ihm unbarmherzig auf den Leib und sagte: »Teufelsbrut! Hat dir niemand beigebracht, wie man lacht?«

Doch Nini wußte sehr wohl, wie man lacht, auch wenn er es nur für sich allein tat und verstohlen, und selbstverständlich nur aus vernünftigem Grund. Wenn die Zeit der Paarung gekommen war, stieg der Junge häufig des Nachts auf den Berg, und frühmorgens, wenn die jüngst gejäteten Weizenfelder von dem ersten Lufthauch gekämmt wurden, ahmte er den rauhen Wildruf der Hasen nach, und die Tiere des Feldes liefen auf seinen Ruf herbei, während der Wilderer von der anderen Seite der Talsohle sein vergebliches Warten verfluchte. Nini lachte listig und lachte wieder, in sich hinein, wenn er es auf dem Heimweg so einrichtete, daß man sich zufällig begegnete, und Matías mißgelaunt zu ihm sagte: »Woher kommst du, Spitzbube?«

»Ich habe Pilze gesammelt. Hast du was gefangen?«

»Nichts. Ein gottverfluchter Hase hat immer nur von der Talsohle aus gelockt und ist aufs Feld hinausgelaufen.«

Plötzlich erkundigte sich der Wilderer argwöhnisch: »Du verstehst dich nicht zufällig auf den Lockruf, was, Nini?«

»Nein, warum?«

»Nur so.«

Bei anderer Gelegenheit, wenn der Wilderer mit Mita, der Windhündin, auszog, versteckte Nini sich auf dem Weg zum Rebhuhnnest, und wenn die Hündin hinter den Hasen keuchend daherkam, schüchterte er sie von seinem Versteck aus mit einem Stecken ein, und Mita, die feige war wie alle Windhunde, gab ihre Beute auf und wich zurück. Nini, der Kleine, lachte sich nun auch insgeheim ins Fäustchen.

Jedenfalls verstand Nini zu lachen, auch ohne dazu dem Wilderer einen Streich spielen zu müssen. Während des Mondwechsels im Frühling ging der Junge gerne aufs Feld hinaus und sah von seinem Schilfversteck am Flußufer aus den Fuchs auf die Wiese hinuntertraben, um sich unter Ausnutzung des Vollmonds, der die Niederung mit milchig schillernder Helligkeit überflutete, zu erleichtern. Der Fuchs verhielt sich ganz natürlich, ohne seine Gegenwart zu argwöhnen. Er weidete müde die karge Grasnarbe am Flußufer, hob dann und wann seinen schönen Kopf und lauschte ein Weilchen aufmerksam. Häufig ließ ein Mondstrahl seine Schlitzaugen in hellgrünem Glanz aufblitzen, und in solchen Fällen glich das Tier einer übernatürlichen Erscheinung. Einmal stob Nini schreiend aus seinem Versteck, als der Fuchs, auf der Wiese aufgerichtet, sich arglos kratzte, und als das Tier sich ertappt sah, machte es einen riesenhaften Satz und verwandelte seinen pestartig stinkenden Urin mit dem Schwanz in Pulverstaub. Der Junge lachte schallend heraus, während er ihn durch die Binsen und die Saatfelder hindurch verfolgte.

In anderen Nächten verbarg Nini sich hinter dem Gesträuch einer Steineiche, in einer Berglichtung, und beobachtete die in Mondschein getauchten Kaninchen, die mit gereckten weißen Schwänzchen durchs Gestrüpp hoppelten. Dann und wann tauchte der Iltis oder das Wiesel auf, und dann ergriffen alle wild die Flucht. Während der Brunstzeit stritten die Hasenmännchen erbittert untereinander vor seinen Augen, während die Weibchen seelenruhig in einem Winkel der Lichtung hockten und auf den Sieger warteten. Sobald der Kampf entschieden war und das triumphierende Männchen auf das Weibchen zulief, ahmte Nini den Lockruf nach, und das Tier wandte sich mit erhobenen Pfoten in Erwartung des neuen Gegners um. Es gab Nächte zu Frühlingsbeginn, in denen sich auf der Lichtung bis zu einem halben Dutzend Männchen versammelte, und dann gewann der Kampf etwas Episches. Einmal erlebte der Junge, wie ein Männchen einem anderen das Ohr mit einem wütenden Biß abriß, und der scharfe Schmerzensschrei des verwundeten Tiers verlieh dem unter dem Silberlicht des Mondes ruhenden stillen Berg eine pathetische Note.

Um Sankt Higinio erlegte Matías Celemín, der Wilderer, ein wunderschönes Fuchsexemplar. Zu jenem Zeitpunkt war das Schlachten vorüber, ebenso das Osterfest, doch das Klima blieb rauh, und morgens erwachten die Äcker weiß wie nach einem Schneefall. Abgesehen vom Streuen des Dungs und vom Roden der Saatfelder gab es für niemanden Sonderliches auf dem Feld zu verrichten, außer für den Wilderer. Und dieser, während er an jenem Morgen vom Hochland herabstieg, machte einen kleinen Umweg, nur um an der Höhle vorbeizukommen, weil er dem Jungen seine Beute zeigen wollte.

»Nini!« grölte er. »Nini! Schau, was ich dir mitbringe, du Spitzbube!«

Es war eine bildschöne Füchsin mit rötlichem Fell und einem ungewöhnlichen weißen Fleck auf dem rechten Schulterblatt. Der Wilderer drückte eine ihrer Zitzen und ließ eine zähflüssig-weißliche Flüssigkeit herausspritzen. Dann hob er das Tier in die Höhe, damit der Kleine es nach Lust und Laune begutachten konnte.

»Weibchen, das säugt«, sagte er. »Ein Vermögen wert! Wenn Justito mir seinen Geldbeutel nicht weit aufmacht, gehe ich damit in die Stadt, du wirst sehen.«

Die Flöhe verließen den toten Körper und suchten die Wärme der Hand des Wilderers. Nini verfolgte den Mann mit dem Blick, sah ihn die kleine Holzbrücke überqueren, die tote Füchsin fest gepackt, und schreiend hinter dem Strohschober des Dorfs verschwinden.

In der Nacht stand er auf, sobald er Onkel Rattenfänger schlafen hörte, und schlug den Fußsteig ins Bergland ein. Fa spielte neben ihm, und unter der verblichenen Scheibe des Mondes glitzerte der Rauhreif auf den Grenzwegen. Die Kaninchenhöhle öffnete sich auf der Nordseite der Talsohle, und der Junge pflanzte sich hinter einer Steineiche auf, während die Hündin sich gefügig zu seinen Füßen zusammenrollte. Der Rauhreif biß mit winzigen Stichen in seine Fingerspitzen und Ohren, und die Ziegenmelker flatterten sanft und dicht über seinen Kopf dahin.

Nach einem Weilchen hörte er ein Fiepen; es war ein schriller Klagelaut wie der eines Kaninchens, doch anhaltender und eindringlicher. Nini schob seine Zunge zurück und ahmte das Pfeifen mit großer Kunstfertigkeit mehrmals nach. Solcherart hielten sie dreimal Zwiesprache. Endlich zeichnete sich im ungewissen Mondlicht im Eingang zum Kaninchenschlupf der rundliche Umriß eines zwei Wochen alten Füchschens ab, das steifbeinig stakste, als behinderte der anmutige Federbesen seines Schwanzes seine Bewegungsfreiheit.

Schon nach wenigen Tagen gewöhnte sich das Füchschen ans Zusammenleben mit ihnen. Während der ersten Nächte wimmerte es, und Fa knurrte es an mit einem Gemisch aus atavistischer Rivalität und häuslicher Eifersucht, doch schließlich wurden sie gute Freunde. Sie schliefen zusammen im Schoß des Jungen auf dem Stroh, und morgens balgten sie sich kameradschaftlich auf der kleinen Thymianwiese, die zur Höhle führte. Bald lief die Nachricht durchs Dorf, und die Leute kamen heraufgestiegen, um das Füchslein zu begutachten, doch vor fremden Menschen gewann das Tier seinen Waldinstinkt wieder, verkroch sich in den dunkelsten Winkel des Höhlenobdachs, spähte scheel heraus und zeigte seine Fangzähne.

Matías Celemín, der Wilderer, sagte: »Der wär' ein Geschäft, Nini, Spitzbube! Den greif' ich mir noch.«

Schon nach zwei Wochen fraß das Füchschen dem Jungen aus der Hand, und wenn dieser von der Rattenjagd zurückkehrte, begrüßte ihn das Tier, indem es ihm die schmutzigen Beine leckte und innig mit dem Schwanz wedelte. In der Nacht, während Onkel Rattenfänger eine Kartoffel mit einem Streifen Kabeljau kochte, rangen Nini, der Hund und der Fuchs im Schein des Kohlenfeuers, zu einem einzigen Knäuel verschlungen, miteinander, und in diesen Augenblikken lachte Nini ganz freiheraus. Und obwohl das Füchschen schon von allem fraß, brachte ihm Nini morgens eine Elster, um ihm etwas Besonderes zu kredenzen, und während er ihm dabei zusah, wie er dem Vogel mit seiner spitzen und feuchten Schnauze die Federn ausriß, lächelte der Junge vergnügt.

Die Simeona bemerkte am Kirchtor zu Doña Resu, dem Elften Gebot, zu den Vorgängen in der Höhle: »Das ist das erste Mal, daß ich einen Fuchs wie einen Mensch leben sehe.«

Aber Doña Resu schäumte vor Wut: »Du wolltest sagen, das ist das erste Mal, daß du einen Mann und einen Jungen wie die Füchse leben siehst.«

Nini fürchtete, das Füchschen würde mit dem Heranwachsen den Ruf der Felder hören und sie verlassen, obwohl das Tier sich zur Zeit kaum von der Höhle entfernte und der Junge ihm jedesmal, wenn es sich hinauswagte, eine ganze Reihe guter Ratschläge mit auf den Weg gab und das Füchschen ihn mit weit geöffneten Augen klug anschaute, als würde es ihn verstehen.

Eines Morgens hörte der Junge eine Detonation, während er am Bachbett jagte. Wie von Sinnen lief er zur Höhle hinauf, und noch bevor er dort anlangte, erkannte er den Wilderer, der mit langen Schritten den Berghang hinunterlief, eine Hand hinter dem Rücken versteckt und aus vollem Halse lachend: »Ha, ha, ha, Nini, Spitzbube, ich wette mit dir, daß du nicht weißt, was ich dir heute bringe? Oder doch?«

Verstört blickte der Junge die sich langsam vorschiebende Hand an, und schließlich zeigte Matías Celemín ihm den noch warmen Kadaver des Füchsleins. Nini verzog keine Miene, doch als der Wilderer den Wassergraben hinunterzugaloppieren begann, kauerte er sich auf dem Kies nieder und begann wütend Steine hinter ihm herzuwerfen. Der Wilderer sprang hin und her, schwankte im Zickzack wie ein verwundetes Tier, ohne sein Gelächter zu unterbrechen, während er den Kadaver des Füchsleins wie eine Trophäe in der Luft schwenkte. Und als er schließlich hinter den Strohschober des Dorfs geflüchtet war, zeigte er das Tier doch noch einmal, das kläglich und leblos über dem Flintenlauf hing.

VII

JE STRENGER der Winter vorrückte, desto rascher schrumpfte der Strohschober der Gemeinde. Die Männer und die Frauen aus dem Dorf fuhren mit ihren Eseln vor und beförderten das Stroh zu ihren Behausungen. Dort vermischten sie es mit Körnerfutter für das Vieh, oder sie verfertigten damit Dung in den Ställen, oder sie verbrannten es einfach in Wärmebecken oder Küchen, um sich gegen die Unbilden der Witterung zu schützen. Als solcherart der Dezember ins Land ging, erkannte Nini von der Höhle aus über dem Strohschober die altmodische Hufschmiede, wo in vergangenen Zeiten die Reittiere, als es solche noch im Ort gab, beschlagen worden waren.

Um Sankt Aberico, bevor der Monat Januar zu Ende ging, brach das Schneegestöber los. Nini sah es von vorne kommen, zwischen dem Chato- und dem Cantamañaras-Berg düster und feierlich nahen und über den Hügeln niedergehen. In wenigen Stunden verhüllte die Wolke das tiefe Bergtal und besprühte es mit eisigem Schneewasser. Die gegen den bleiernen Himmel abgehobenen nackten Anhöhen glichen Zuckerdünen von betörender Klarheit. Gegen Abend wirbelte das windgepeitschte Schneegestöber über den vier sterbensmüden Dorflampen und schien bald aus der Erde, bald aus dem Himmel zu brechen.

Nini beobachtete schweigsam das trostlose Panorama. Hinter ihm schürte Onkel Rattenfänger das Herdfeuer. Onkel Rattenfänger machte es sich am Feuer bequem, und während er die Glut zum Lodern brachte, sie zusammenschob oder lichtete, bewegte er die Lippen und lächelte. Zuweilen ging er ausnahmsweise nach draußen und lief über die vom Schneesturm geschüttelten Anhöhen, und wenn in solchen Fällen der starke kalte Nordwind blies, band er sich die schmutzige Baskenmütze mit einer Kordel unter dem Kinn fest, wie es früher Großvater Román getan hatte.

Um in der Höhle Feuer entfachen zu können, hatte Onkel Rattenfänger die vier Meter dicke Erddecke mit einem rostigen Rohr durchlöchert, das Rosalino, der Werkführer, ihm besorgt hatte. Rosalino hatte ihn damals gewarnt: »Paß auf, Rattenfänger, daß dir die Höhle nicht zum Grab wird.«

Er aber hatte auf Mittel gesonnen, die dicke Erdschicht zu durchbohren, ohne daß in der Decke mehr als ein schmaler Spalt entstand, den er mit einem behelfsmäßigen Stützbalken verrammte. Nun rauchte das rostige Rohr wild ins Schneegestöber hinein, und Onkel Rattenfänger, eingelullt vom kurzen Knistern der feuchten Rebschößlinge, sah im Innern der Höhle die angriffslustigen Flammenbündel züngeln. Die Hündin, vor dem Feuer hingekauert, entließ von Zeit zu Zeit ein klägliches Röcheln. Wenn die Nacht einfiel, erstickte Onkel Rattenfänger das Geloder, ließ aber die Glut weiterglimmen, und in der lauen Wärme der Loderasche schliefen die drei auf der Strohdecke, der Junge im Schoß des Mannes, die Hündin im Schoß des Jungen, und solange das Füchslein der Vierte im Bunde war, schlief dieses im Schoß der Hündin. José Luis, der Gerichtsvollzieher, sagte ihnen zahllose Widrigkeiten voraus: »Rattenfänger«, sagte er, »in einer der kommenden Nächte fängt dein Stroh Feuer, und dann verkohlt ihr da drinnen wie die Kaninchen.«

Onkel Rattenfänger hörte mit seinem verschmitzten Lächeln skeptisch zu, denn er wußte erstens, daß das

Feuer sein Freund war und daß es ihm keinen Streich spielen konnte, und zweitens, daß José Luis, der Gerichtsvollzieher, nichts anderes war als ein Untergebener von Justito, dem Bürgermeister, und daß Justito, der Bürgermeister, seinem Vorgesetzten versprochen hatte, mit der Schande der Höhlen aufzuräumen.

Unter diesen Umständen achtete Nini das Stillschweigen des Rattenfängers. Er wußte, daß jeder Versuch eines Zwiegesprächs mit ihm zum Scheitern verurteilt war, und zwar nicht wegen seines mürrischen Wesens, sondern weil die Tatsache, mehr als vier aneinandergereihte Wörter auszusprechen oder zwei Gedanken in einem einzigen Satz zu verknüpfen, sein Gehirn übermäßig ermüdete. Der Junge hatte die Hündin Fa getauft, auch wenn er andere wohlklingendere und hochtönendere Namen bevorzugt hätte, einfach um dem Rattenfänger Ermüdung zu ersparen. Erst als der Rattenfänger, um die Zunge aus ihrer Lähmung zu lösen, einen einzelnen Satz losließ, ging der Junge auf ihn ein.

»Diese Hündin wird alt.«

»Drum weiß sie Bescheid.«

»Sie hat keine gute Spürnase mehr.«

»Laß sie. Sie fängt sie noch immer.«

Und schon trat wieder Schweigen ein, und das leise Geplapper des fallenden Schnees auf dem Hügelland und das Seufzen des Windes vermengten sich mit dem Knacken des Feuerherds.

Eines Morgens, drei Tage nach Sankt Aberico, trat Nini vor den Höhleneingang und erkannte eine winzige gebückte Gestalt, welche den Dreschboden in Richtung auf das Brückchen überschritt.

»Der Antoliano«, sagte er.

Und er schaute zu, wie jener gegen den Wind ankämpfte, der ihm die winzigen Flocken ins Gesicht trieb und ihn zwang, den Kopf gegen den Hang zu neigen. Als er in die Höhle eintrat, richtete er sich auf, atmete tief durch und schüttelte die Pelzjacke mit seinen gewaltigen Pranken. Ohne sich vom Feuer abzuwenden, sagte der Rattenfänger: »Wohin willst du bei diesem Unwetter?«

»Ich komme zu euch«, sagte Antoliano und setzte sich neben den Hund, der sich aufrichtete und sich in einen dunklen Winkel verkroch, wo niemand ihn belästigen konnte.

»Was führt dich her?«

Antoliano streckte seine Hände dem Feuer entgegen.

»Justito«, sagte er. »Er wird dich aus der Höhle jagen.«

»Schon wieder?«

»Sobald es aufhört, kommt er herauf, ich will dich nur warnen.«

Der Rattenfänger zuckte nur die Achseln.

»Die Höhle gehört mir«, sagte er.

Justito besuchte häufig Fito Solórzano, den Gouverneur, in der Stadt, und nannte ihn Chef. Und Fito, der Chef, hatte zu ihm gesagt: »Justo, an dem Tag, an dem du die Sache mit den Höhlen erledigst, laß es mich wissen. Bedenke, daß nicht Fito Solórzano dir das sagt, auch nicht dein Provinzchef, sondern der Zivilgouverneur.«

Fito Solórzano und Justo Fradique waren im Schützengraben Freunde geworden, als Krieg war, und immer wenn Fito Solórzano ihm jetzt zuredete, er möge doch die lästige Angelegenheit mit den Höhlen bereinigen, schrumpfte das Mal auf seiner Stirn und verfärbte sich rotviolett, und man hätte meinen können, es erbebte mit winzigem Pochen wie ein kleines Herz.

»Überlassen Sie das mir, Chef.«

Als er wieder ins Dorf zurückgekehrt war, fragte Justito, der Bürgermeister, erwartungsvoll José Luis, den Gerichtsvollzieher: »Was meinst du, will der Chef mir mit der Sache von den Höhlen andeuten, wenn er sagt, daß das nicht Fito Solórzano sagt, auch nicht der Provinzchef, sondern der Zivilgouverneur?«

José Luis antwortete dann stets: »Daß er dich belohnen wird, das liegt doch auf der Hand.«

Aber zu Hause bedrängte Columba, seine Frau, ihn: »Justo«, sagte sie zu ihm, »sollen wir denn unser ganzes Leben lang nicht aus diesem verdammten Loch rauskommen?«

Das Mal auf Justitos Stirn schwoll noch mehr an und wurde zinnoberrot.

»Und was kann ich dabei tun?« fragte er.

Columba stemmte die Hände in die Hüften und kreischte: »Den Unglücksraben an die Luft setzen! Dafür bist du doch zuständig.«

Aber Justito Fradique haßte Gewalttätigkeit aus Instinkt. Er ahnte, daß Gewalttätigkeit sich früher oder später gegen den Täter wendet.

Um Sankt Lesmes jedoch eröffnete José Luis, der Gerichtsvollzieher, ihm eine neue Perspektive: »Die Höhle ist vom Einbruch bedroht«, sagte er. »Wenn Sie den Rattenfänger an die Luft setzen, tun Sie ihm noch einen Gefallen.«

Die anderen drei Höhlen sprengen zu lassen war ein Kinderspiel gewesen. Die Erleuchtete und Román starben am selben Tag, und Abundio verließ das Dorf, ohne eine Spur zu hinterlassen. Die Sangrario, die Zigeunerin, und der Mamés, der Stumme, erachteten sich als Glückspilze, ihre Höhle gegen eines der Häuschen auf dem alten Dreschboden vertauschen zu können, mit drei sonnenhellen Kammern, das zwanzig Duros im Monat Miete kostete. Aber für Onkel Rattenfänger waren vierhundert Reales noch immer ein Vermögen.

Um Sankt Severo hörte der Schneefall auf, und die Nebelschwaden sanken. Für gewöhnlich handelte es sich um regloses, beharrliches und zähes Nebelgewölk, das die Talsohle mit seltsamem Widerhall belebte und in tiefer Nacht die qualvolle Stille der Öde besonders undurchdringlich machte. Aber manchmal sah man es zwischen den Hängen wie ein Gespenst wandeln, das sich abwechselnd auflockerte und wieder dichter wurde, und dann schien die Achsendrehung der Erde sichtbar zu werden. Unter der Nebeldecke wurden die Elstern und Raben körperhaft, wurden fülliger und greifbarer und flogen mit kreischendem Krächzen, als seien sie überrascht oder gereizt, flatternd auf. Von der Höhle aus wirkte das Dorf wie eine unbeständige, gespenstige Kulisse, die der Abendnebel verschlang.

Gegen Sankt Andrés Corsino klarte das Wetter auf, und auf den Feldern keimte plötzlich das Getreide spitz hervor; der Weizen mit blassem, durchsichtigem Grün, während die Gerste einen dicken Teppich aus tiefem Grün bildete. Unter einer noch bleichen und winterlichen Sonne streckten die Vögel sich überrascht und spähten ungläubig umher, bevor sie sich in die Lüfte schwangen. Und mit ihnen streckten sich Justito, der Bürgermeister, und José Luis, der Gerichtsvollzieher, die Glieder und Frutos, der Schöffe, der dann und wann die Rolle des öffentlichen Ausrufers übernahm. Und als Nini sie das Holzbrückchen überschreiten sah, so feierlich und steif in ihren Sonntagsanzügen, erinnerte er sich an jenes Mal, als eine andere griesgrämige Gruppe, angeführt von einem Männchen in Trauerkleidung, das Brückchen überquerte, um seine Mutter in die Irrenanstalt der Stadt zu bringen. Das Männchen in Trauerkleidung sagte mit recht hohlem Pathos psychiatrische Anstalt statt Irrenhaus, doch so oder so, Marcela, seine Mutter, gewann weder ihren Verstand noch ihre frühere Entschlossenheit wieder und erlangte nie wieder ihre Freiheit.

Nini sah sie den Wassergraben hinaufkeuchen, während sein rechter großer Zeh mechanisch das Fell der um seine Füße gerollten Hündin gegen den Strich streichelte. Das schwarze Mützenschild von Frutos, dem Ausrufer, glänzte, als schwitzte es. Und sobald sich alle auf der Thymianwiese zusammengefunden hatten, strafften Justito und José Luis ihre Haltung, ohne die Augen vom Erdboden zu erheben, und Justito sagte zu Frutos unvermittelt: »Los, lies!«

Frutos entrollte ein Papier und las, immer wieder stockend, den Beschluß der Körperschaft, die Bewohner der Höhle des Onkel Rattenfänger aus Sicherheitsgründen zur Räumung zu zwingen. Zum Schluß blickte Frutos den Bürgermeister an, und Justito sagte, ohne seine strenge Haltung aufzugeben: »Hast du gehört, Rattenfänger, es ist das Gesetz.«

Onkel Rattenfänger spuckte aus und rieb eine Hand an der anderen. Er blickte belustigt einen nach dem anderen an, als sei das Ganze eine Komödie.

»Ich gehe nicht raus«, sagte er unverblümt.

»Du gehst nicht raus?«

»Nein, die Höhle gehört mir.«

Das Mal auf Justitos, des Bürgermeisters, Stirn erglühte mit einemmal.

»Ich habe die Zwangsräumung öffentlich bekanntgegeben«, schrie er. »Deine Höhle ist vom Einsturz bedroht, und ich bin der Bürgermeister und habe Vollmachten.«

»Vom Einsturz?« sagte der Rattenfänger.

Justito deutete auf den Stützbalken und den Spalt.

»Das ist der Kamin«, erklärte der Rattenfänger.

»Ich weiß schon, daß das der Kamin ist. Aber eines Tages löst sich da oben eine Tonne Erde und begräbt dich und den Kleinen, und wer weiß, was sonst noch.«

Onkel Rattenfänger lächelte blöd.

»Wir werden noch mehr haben«, sagte er.

»Mehr?«

»Erde oben drauf, sage ich.«

José Luis, der Gerichtsvollzieher, griff ein: »Rattenfänger«, sagte er. »Du wirst wohl oder übel ausziehen müssen.«

Onkel Rattenfänger blickte beide verächtlich an.

»Du?« sagte er. »Hast nicht einmal fünf Finger!«

José Luis fehlte der Zeigefinger der rechten Hand. Den Finger hatte ihm einmal ein Esel mit einem einzigen Biß abgerissen, aber José Luis, weit entfernt zu verzagen, hatte den Biß zurückgegeben und dem Tier einen Streifen der Oberlippe abgerissen. Gelegentlich, wenn die Unterhaltung bei Malvino darauf kam, versicherte er, daß Esellippen, zumindest roh, nach kalten ungesalzenen Pilzen schmeckten. Jedenfalls blickte die obere Zahnreihe von José Luis' Esel für den Rest seines Lebens nackt in die Luft, als lache er unentwegt.

Justito, der Bürgermeister, wurde ungeduldig.

»Schau, Rattenfänger«, sagte er. »Ich bin der Bürgermeister und habe Vollmachten. Auf jeden Fall habe ich die Zwangsräumung öffentlich bekanntgegeben. Drum weißt du Bescheid: binnen zwei Wochen lasse ich die Höhle in die Luft fliegen, so wahr ich Justo heiße. Ich habe es dir vor zwei Zeugen mitgeteilt.«

Um Sankt Sabino, als die Abordnung zur Höhle zurückkehrte, peitschte ein böiger Wind die Anhöhen, und die Weizen- und Gerstenfelder wogten über den Ackerfurchen wie ein Meer. Frutos, der Schöffe, marschierte vorneweg und trug die Dynamitkartätschen in der Hand und die um seinen Gürtel gerollte Lunte. Als sie den Anstieg durch den Wassergraben begannen, hetzte Nini die Hündin auf sie los, und Frutos verhedderte sich mit dem Tier und purzelte bis zum Weg hinunter, wobei er aus vollem Halse fluchte. Währenddessen hatte der Rattenfänger bereits mit Antoliano gesprochen, und sobald Justito ihn bedrohte, er solle sofort die Höhle verlassen, begann er wie eine zerkratzte Grammophonplatte zu leiern: »Schriftlich, schriftlich.«

Justito blickte auf José Luis, der etwas von Gesetzen verstand, und José Luis stimmte nickend zu, und beide zogen ab.

Am nächsten Tag ließ Justito Onkel Rattenfänger eine Benachrichtigung zukommen, worin er ihm einen weiteren Aufschub von vierzehn Tagen einräumte. Um Sankt Sergio herum lief die Frist ab, und die Abordnung pflanzte sich mitten am Vormittag von neuem vor dem Höhleneingang auf, doch sobald sie sich vor dem Verschlag bemerkbar machten, antwortete Nini von drinnen, das hier sei sein Haus, und wenn sie gewaltsam einbrächen, bekämen sie es mit dem Herrn Richter zu tun. Justito blickte zu José Luis hinüber, und José Luis wiegte den Kopf und murmelte: »Hausfriedensbruch ist in der Tat ein Vergehen.«

Am nächsten Tag, zu Sankt Valero, weinte Justito fast in Gegenwart von Fito Solórzano, seinem Chef. Der maulbeerfarbene Fleck auf seiner Stirn pochte wie sein Herz: »Ich komme mit diesem Menschen nicht zurecht, Chef. Solange der am Leben ist, werden Sie Höhlen in der Provinz haben.«

Fito Solórzano, mit seinem frühzeitig kahlen rosigen Schädel und seinen feisten, mit dem Schreibzeug spielenden Händen, versuchte ruhig zu bleiben. Er überlegte einige Sekunden, bevor er sprach, und tupfte mit zwei Fingern auf seine Tränensäcke. Nach einer Weile sagte er mit betonter Bescheidenheit: »Wenn eines schönen Tages etwas von meiner Tätigkeit als Haupt der Provinz verbleiben wird – was nicht einfach ist –, so, daß das Problem der Höhlen gelöst worden ist. Du hast in deiner Dienstzeit drei in die Luft sprengen lassen, Justo, ich weiß es – doch darum geht es jetzt nicht. Es bleibt noch immer eine Höhle, und solange ich nicht zum Minister sagen kann: ›Herr Minister, es ist keine einzige Höhle in meiner Provinz übrig‹, ist es, als hätte ich nichts zuwege gebracht. Du verstehst mich, nicht wahr?«

Justito nickte zustimmend. Er glich einem von seinem Lehrer getadelten Schüler. Fito Solórzano, der Chef, sagte sofort: »Ein Mann, der in einer Höhle lebt und keine zwanzig Duros Mietgeld für ein Haus aufbringen kann, ist nichts als ein Landstreicher, oder? Bring ihn mir her, und ich sperre ihn ohne weitere Erörterungen ins Armenheim.«

Justito hob furchtsam eine Hand: »Einen Augenblick, Chef. Dieser Mann ist kein armer Schlucker. Er hat seinen Beruf.«

»Was treibt er?«

»Er jagt Ratten.«

»Ist das ein Beruf? Wofür braucht er die Ratten?«

»Er verkauft sie.«

»Und wer kauft Ratten in deinem Dorf?«

»Die Leute. Sie essen sie.«

»Ihr eßt Ratten in deinem Dorf?«

»Beim Allmächtigen, Chef, sie schmecken gut. Gebraten, mit einem Schuß Essig sind sie feiner als Wachteln.«

Fito Solórzano platzte heraus: »Das kann ich nicht dulden! Das ist ein Vergehen gegen das Gesundheitsamt!«

Justito versuchte ihn zu besänftigen: »In der Niederung essen alle die Viecher, Chef. Und wenn Sie bedenken, essen wir nicht auch Kaninchen?«

Er legte eine Pause ein. Dann fügte er hinzu: »Und eine Ratte ist genau dasselbe, es ist nur eine Frage der Gewohnheit.«

Fito Solórzano schlug mit der Faust auf den Tisch und brachte das gesamte Schreibzeug zum Hüpfen.

»Wozu brauche ich Bürgermeister und Ortsvorsteher, wenn diese, statt ihre Probleme zu lösen, mir unentwegt neue aufbürden? Such du eine Lösung, Justo! Verfrachte mir diesen Mann irgendwohin, tu irgendwas! Aber denk nach, du selbst, mit deinem armen Kopf, nicht mit meinem!«

Justito wich gegen die Tür zurück.

»Einverstanden, Chef. Überlassen Sie die Sache mir.«

Fito Solórzano wechselte plötzlich den Tonfall und fügte hinzu, als Justito, schon mit dem Rücken zu ihm, die Kanzleitür öffnete: »Und wenn du die Sache endgültig bereinigst, laß es mich wissen. Und bedenke, daß dir dies nicht Fito Solórzano sagt, auch nicht dein Provinzchef, sondern der Zivilgouverneur.«

VIII

Um Sankt Baldomero entdeckte Nini, wie der erste Schwarm Kiebitze über dem Bergkegel von Torrecillórigo in Richtung Süden davonflog. Drei Tage und drei Nächte lang flog pausenlos ein Schwarm nach dem anderen vorüber, und ihr Flug wurde jedesmal lebhafter und unruhiger. Sie flogen sehr hoch und bildeten in dem unerschütterlichen Blau des Himmels ein großes V, während sie aufgeregt und durchdringend kreischten.

Im Vorjahr wurde der Bergkegel von Torrecillórigo noch die Maurenschlucht genannt, aber die Marcela, Ninis Mutter, hatte ihn umbenannt, wenige Monate bevor ihre armen Knochen in die Irrenanstalt gebracht wurden. Schon seit der Entbindung ging es der Marcela nicht mehr gut, und jedesmal, wenn der Rattenfänger sie dabei überraschte, wie sie stumpfsinnig zu dem Berg hinüberschaute, und er dann zu ihr sagte: »Was schaust du, Marcela?«, antwortete sie nicht einmal. Und erst, wenn der Rattenfänger sie heftig schüttelte, stammelte sie schließlich: »Den Bergkegel von Torrecillórigo.« Und zeigte mit dem Finger auf die Seitenwand der Maurenschlucht, unheimlich und glatt wie ein Vulkan. »Der Bergkegel?« * fragte der Rattenfänger nach, und sie fügte hinzu: »Wir sind viele, die an ihm saugen. Er hat nicht genug Milch für so viele.« Monate später überraschte der Rattenfänger seine Schwester, wie sie vom Schemel ein Bein absägte. »Was machst du da, Marcela?« fragte er. »Der Schemel kippelt.« Er

* Span. *pezón*: bedeutet gleichzeitig Brustwarze und Bergkegel.

fragte: »Er kippelt?« Und sie antwortete nicht, doch als es Nacht wurde, hatte sie bereits alle vier Beine abgesägt. Auch so hielt Rattenfänger es noch einige Jahre mit ihr aus. Aber zu jener Zeit war Nini schon sechs Jahre alt geworden, und der Wilderer sagte jedesmal, wenn er ihm begegnete, zu ihm: »Erklär mir mal, Spitzbube, wie ist es möglich, daß Marcela deine Tante und zugleich deine Mutter sein kann?«

Und er platzte vor Lachen laut heraus, als wäre er voller Luft und ließe plötzlich die ganze Luft ab. Und an dem Tag, als Onkel Rattenfänger sich entschloß, die Höhlendecke mit der Röhre zu durchbohren, die Rosalino, der Werkführer, ihm geschenkt hatte, und er Marcela um Sand für den Mörtel bat, streckte seine Schwester ihm die Heugabel entgegen, die sie mühsam hielt.

»Da, nimm«, sagte sie.

»Was denn?« fragte der Rattenfänger.

»Sand. Hast du mich nicht um Sand gebeten?« sagte sie.

»Sand?« fragte der Rattenfänger.

Und sie fügte hinzu: »Schau, wie schwer er wiegt.«

Nini schaute sprachlos zu und sagte schließlich: »Mutter, wie willst du denn Sand mit einer Heugabel schaufeln?«

Eine Woche später, so um die heilige Oliva herum mag es wohl vier Jahre her sein, erschien im Dorf ein Männchen in Trauerkleidung und nahm sie in das städtische Irrenhaus mit, aber die Maurenschlucht gewann nicht ihren Namen zurück und wurde fortan und für immer Bergkegel von Torrecillórigo genannt.

Jetzt überflogen die Kiebitze den Bergkegel, und Nini, der Kleine, lief ins Dorf hinunter, um den Hundertjährigen zu benachrichtigen.

»Ich kann sie nicht sehen, aber ich höre ihr

Schreien«, sagte der Alte. »Das bedeutet Schnee. Den werden wir kriegen, bevor sieben Tage rum sind, wird er hier sein.«

Der Hundertjährige sah mit seinem das Gesicht verdeckenden schwarzen Lappen aus wie eine unter der Sonne verdorrte Mumie. Bevor er sich den Fetzen umlegte, fragte der Junge ihn eines Nachmittags nach dem Sinn des Lappens.

»Nichts Besorgniserregendes: nur ein kleines Geschwür«, sagte der Alte lächelnd.

Nini lief jedesmal zum Alten, wenn irgendein Zweifel über die Menschen ihn überkam oder über die Tiere oder über die Wolken oder über die Pflanzen oder über das Wetter. Onkel Rufo besaß über alle Erfahrung hinaus oder vielleicht gerade ihretwegen einen ausgeprägten Scharfsinn, mit dem er die Naturerscheinungen zu deuten wußte, auch wenn für den Hundertjährigen das Gezwitscher der Sperlinge oder die Sonne in den Kirchenfenstern oder die weißen Sommerwolken nicht immer ein und dasselbe waren. Gelegentlich sprach er von seinem »Wind, als ich ein Junge war« oder vom »Staub auf der Dreschtenne, als ich ein junger Mann war« oder »von meiner Sonne, als ich alt wurde«. Das heißt, in den Wahrnehmungen des Hundertjährigen spielten das Alter und die Spuren, die es in ihm hinterließen, die Wolken, die Sonne, der Wind und der goldene Staub des Dreschens eine entscheidende Rolle. Der Hundertjährige wußte viel von allem, auch wenn die jungen Männer und Buben des Dorfs sich ihm nur näherten, um sich über sein nervöses Gezeter lustig zu machen oder um in einem unbewachten Augenblick den schwarzen Fetzen zu lüften, um »seinen Totenkopf zu sehen« und anschließend seine Krankheit zu verspotten.

»Ihr seid noch jung, aber das geht vorüber«, pflegte der Hundertjährige in solchen Fällen schicksalsergeben zu Nini zu sagen.

Selbst seine Tochter Simeona übte dem alten Mann gegenüber keinerlei Rücksicht. Seit der Hundertjährige zu gebrechlich geworden war, hatte Simeona die Haus- und Feldarbeit übernommen. Sie versorgte das Vieh, sie säte, sie pflügte, sie jätete, sie mähte, sie drosch und karrte das Stroh. Deswegen wurde sie reizbar, knauserig und argwöhnisch. Das Elfte Gebot behauptete, jedermann werde knauserig und argwöhnisch, sobald er merkt, wieviel Mühe es kostet, eine Pesete zu verdienen. Trotzdem zeigte Simeona sich äußerst unnachgiebig gegen ihren Vater. Bei den seltenen Gelegenheiten, wenn sie mit ihren Nachbarinnen zusammenhockte, sagte sie: »Je älter, desto freßgieriger, ich habe kein Auskommen mit ihm.«

Señora Clo blickte sie neidisch an und bemerkte: »Du hast noch Glück, wenn ich an das Übel denke, das mich und Virgilín auffrißt.«

Für Señora Clo, die vom Tabakladen, konzentrierten sich nunmehr alle ihre Sorgen auf Virgilín. Sie pflegte ihn wie einen Sohn, und dabei hätte sie ihn am liebsten in einen Käfig gesperrt und diesen an einem Dachbalken ihres Ladens aufgehängt, wie sie es vor Zeiten mit den Dompfaffen gehandhabt hatte.

Simeona hingegen behandelte ihren Vater rücksichtslos. Ihr Mißtrauen nahm täglich zu, und jedesmal, wenn sie fortan das Haus verließ, zog sie einen Bleistiftstrich auf der Rückseite des Brotlaibs und steckte den Finger in das Mastdarmende der Hühner, einem nach dem anderen, um sich zu vergewissern, ob der Hundertjährige einen Bissen Brot gegessen oder ein Ei während ihres Fortseins stibitzt hatte. Nach ihrer

Rückkehr sagte sie: »Es müssen drei Eier vorhanden sein. Mal schauen, wo du sie hingelegt hast.«

Und wenn womöglich eines fehlte, hallten ihr Geschrei und Geschimpfe bis in die letzten Häuser des Dorfs wider, und wenn das Wetter ruhig war und überdies noch ein günstiger Wind wehte, hörte man sie bis in die Höhle hinauf, und Nini wurde ganz zerknirscht und sagte zu sich: »Jetzt zankt die Simeona schon wieder mit dem Alten.«

Auf jeden Fall konnte niemand etwas gegen Simeona einwenden, die abgesehen von der Sorge, einen hundertjährigen Vater auf den Beinen zu halten, die Feld- und Hausarbeit allein verrichtete und überdies genügend Tatkraft aufbrachte, um die Toten des Orts zu beerdigen. Dafür verwendete sie einen kleinen, klapprigen Karren, der von einem altersschwachen Eselchen gezogen wurde, auf das die Simeona erbarmungslos lospeitschte, wann immer sie einen Verstorbenen auf den Friedhof beförderte. An der Hinterwand des Karrens band sie Duque, den Hund, mit einer so kurzen Leine fest, daß diese ihn fast erwürgte. Das Tier winselte und legte den Kopf leicht seitwärts, um die Zugkraft abzuschwächen, aber wenn jemand die Simeona darauf aufmerksam machen wollte, entgegnete sie nur: »Um so besser. Auf diese Weise fehlt dem Unglückseligen wenigstens nicht ein Hund, der ihn beweint.«

Simeona fluchte und schimpfte wie ein Kerl, und in der letzten Zeit, wenn sie gegen die Freßgier ihres Vaters wetterte, spottete sie über seinen Krebs und sagte: »Der Alte muß jetzt für zwei futtern.«

Auch wenn der Hundertjährige sich mühsam dahinschleppte, trabte er noch immer bald dahin, bald dorthin, doch in sonnigen Stunden konnte man ihn unbewegt auf der Steinbank hinter seinem Haus sitzen und mit verdrehten Augen unermüdlich ein paar imaginäre Küken fortscheuchen sehen. Nini kam häufig herunter, um seine Gesellschaft zu suchen, ihn in Zweifelsfällen um Rat zu fragen und seine alten Geschichten zu hören, in denen er unvermeidlich seine alten Sehnsüchte aufleben ließ, nach »meiner Sonne, als ich jung war«, nach »dem Staub der Dreschtenne, als ich ein junger Mann war« oder nach »den Wintern von Alfons XII.«.

In letzter Zeit schlug jener schwarze Fetzen, der Teile der Nase und der linken Wange Onkel Rufos bedeckte, Nini in Bann, und jedesmal, wenn er sich neben ihn setzte, empfand er die fast unwiderstehliche Versuchung, ihn hochzuheben. Es war genau die gleiche Ungeduld, welche die jungen Burschen des Dorfs quälte, wenn zu Beginn des Herbstes die Zigeuner mit ihren Marionetten auf den Dorfplatz einzogen und zu gegebener Stunde schrien: »Es ist jetzt vier, und der Vorhang soll hochgehen!«

Trotzdem wußte Nini der Versuchung zu widerstehen; er verehrte den Alten und war ihm auf eine unbewußte Art für dessen Lehren dankbar.

Der Hundertjährige sagte um Sankt Ángel herum, als die Kiebitze den Bergkegel von Torrecillórigo überflogen, Schnee liege in der Luft, vielleicht komme er in einer Woche, und um Sankt Victoriano, das heißt fünf Tage später, begannen die Flocken mit verschwiegener Bedachtsamkeit niederzusinken, und nach wenigen Stunden war die Talsohle in ein riesiges Leichentuch verwandelt. Das Weiß tat in den Augen weh, und die Dachziegel des Dorfs und die Dornenhecken, welche die brüchigen Lehmmauern der Korrale schützten, traten unter der Schneedecke sichtbarer zutage. Aber das Leben schien aus der Welt geflohen, und eine überwältigende Stille, geläutert und dicht wie die eines Friedhofs, sank auf die Tiefebene.

Das kleine Raubzeug hielt in seinen Verstecken Winterschlaf, und die umherschweifenden Vögel kauerten sich in den Schnee, bis ihre Körperwärme diesen zum Schmelzen brachte und sie von neuem mit der lauen Wärme der Erde in Berührung kamen. Dort, in ihren Erdlöchern, verharrten sie regungslos, streckten ihre Köpfchen mit den runden erschrockenen Augen hervor und spähten hungrig umher. Manchmal vergnügte Nini sich damit, durch das Dorf zu streichen, und die Elstern und die Drosseln und die Lerchen flogen lange nicht auf, und wenn, dann nur im allerletzten Augenblick, aber nach einem kurzen senkrechten Aufflug kehrten sie wie von einem Rückstoß getrieben eilends in ihre Lagerstätten zurück.

Um Sankt Simplicio verspürten der Junge und die Hündin den trügerischen Ruf des Schnees und zogen aufs Feld hinaus. Seine Schritte knirschten sanft, doch dieses Knirschen hallte in der feierlichen Stille des Tals mit tauber Undurchlässigkeit wider. Vor seinen Augen tat sich ein weiter, einsamer und stummer mineralischer Planet auf, und der Junge durchforschte ihn, ergriffen von der Leidenschaft des Entdeckens. Nini überschritt den Merinohügel, und als er begann, den Hang hinaufzusteigen, erspähte er die Spur eines Hasen. Seine leichten Tritte hoben sich deutlich von der makellosen Schneedecke ab, und der Junge folgte ihnen, während die Hündin mit erhobener Schnauze dicht auf seinen Fersen nicht einmal Anstalten machte, ihm nachzuspüren. Plötzlich verschwanden die Spuren, und der Junge blieb stehen und blickte sich um, und als er zwölf Meter weiter ein junges Steineichengestrüpp gewahrte, lächelte er in sich hinein. Von seinem

Großvater Román wußte er, daß die Hasen sich im Schnee weder in Luft auflösen noch fortfliegen, wie einige abergläubische Jäger behaupten; und nur, damit ihre Spuren sie nicht verraten, machen sie einen weiten Sprung, bevor sie sich in ihre Schlupfwinkel verkriechen. Daher ahnte er, der Hase müsse sich dort befinden, unter der Steineiche, und als er mit einem Lächeln auf den Lippen dorthin lief und die Überraschung im voraus genoß, vollführte der Hase einen unbeholfenen Sprung, und der Junge hastete ebenso unbeholfen hinter ihm drein und lachte und stolperte, während die Hündin neben ihm losbellte. Schließlich blieben Junge und Hündin stehen, während der Hase, die gelblichen Augen von panischem Schrecken geweitet, hinter einer sanften Bodenwelle verschwand. Noch immer keuchend, verspürte Nini plötzlich Blasendruck und stellte sich zum Urinieren hin, und die dunkle Erde wurde unter dem geschmolzenen Schnee in einem kleinen Kreis sichtbar. Etwas weiter weg bückte er sich und baute in wenigen Minuten einen Schneemann, legte ihm seinen Schal um und stachelte die Hündin auf: »Fa, schau, der Wilderer, los, auf ihn!«

Doch die Hündin erschrak vor der Figur und wich bellend zurück, wobei sie jene unablässig grollend anstarrte, und nun machte der Junge ein paar Schneebälle und zerstörte den Schneemann mit vier gutgezielten Würfen. Er lachte schrill heraus, und das kristallklare Echo, das sein Lachen in der Schneelandschaft hervorrief, regte ihn dazu an, erneut zu lachen, und so schrie er ein um das andere Mal los, jedesmal lauter. Während er dies tat, verspürte er ein angenehmes Gefühl der Kraft. Er erstieg den Bergkamm, ohne mit dem Schreien aufzuhören, und nun entdeckte er den Wilderer in Fleisch und Blut, tief unten im Tal, wie er schwerfällig über die Stoppelfelder der Señora Clo stapfte. Nini verstummte und fühlte eine Welle des Zorns durch seinen Körper jagen. Das Gesetz verbot, an Schneetagen zu jagen, weil die Kriechtiere ihre Gegenwart durch ihre Spuren verrieten und das Rebhuhn nur kurze Flüge aushielt. Trotzdem strolchte der Wilderer dort umher, und wenn der Schnee zufällig nicht tief war, hielt er seine Flinte bereit für den Fall, daß irgend etwas Lebendiges zum Vorschein kommen sollte. Der Junge sah ihn auf sich zukommen und versuchte, ihm zu entfliehen, doch der Wilderer versperrte ihm den Fluchtweg. Matías Celemín verstand durch den Schnee zu stapfen, und wie er so, aus der Ferne gesehen, sich gegen die funkelnde Helle der Hügelhänge behende vorwärtsarbeitete, schien er der einzige Bewohner der Welt zu sein. Als er auf Ninis Höhe anlangte, fragte er: »Warst du das, der dort oben kreischte, Spitzbube?« und zeigte dabei seine furchterregenden Raubtierzähne.

»Ja.«

»Hast ganz schön gelacht, was? Du lachst wohl, wenn du allein bist, wie die Verrückten.«

Der Kleine versuchte rasch weiterzugehen, weil die Gesellschaft des Wilderers ihm lästig fiel. Der Ranzen des Wilderers war aufgebläht, als sei er mit zwei Hasen gefüllt. Er sagte zu Nini: »Hast du keine Spuren gesehen, Kerlchen? Wo treiben sich in diesem Dorf nur die Dachse herum?«

»Ich weiß es nicht.«

»Ich weiß es nicht, weiß es nicht – ich wette, daß du es weißt.«

Der Junge zuckte die Achseln. Der Wilderer fügte hinzu: »Der Justito will euch aus der Höhle jagen, wie? Wo wird er euch hinstecken, Spitzbube? Wenn du einem Kaninchen seine Sasse zuschließt, dann stirbt es, das ist bekannt. Das wird dir geschehen, weil du die Klappe hältst.«

Vom Bergrücken führten die kleinen Spuren von Ninis nackten Füßen neben denen der riesigen Nagelstiefel des Wilderers und den schwerelosen der Hündin zu Tal. Die trostlos-aschgraue Erde, nur leicht von den Rundungen der Kegel gewölbt, war wie eine weiße Milchfläche im Augenblick des Aufwallens.

Onkel Rattenfänger, der zusammengekauert am Feuer saß, hob die Augen, als er die Schritte des Jungen hörte.

»Hast du den gesehen?« sagte er mit verhaltener Begehrlichkeit.

»Nein«, sagte der Junge.

»Malvino hat ihn gesehen.«

»Das stimmt nicht«, erwiderte Nini. »Auf dem Feld ist keine Menschenseele zu sehen.«

Der scheue Blick des Rattenfängers wurde schmal und heftete sich auf die Glut, aber er sagte nichts. Auch der Junge bewahrte Stillschweigen. Seit etwa vier Wochen dachte der Rattenfänger an nichts anderes als an die Konkurrenz. Nini versuchte manchmal, ihm diese Ideen auszureden und ihn davon zu überzeugen, daß der Bach allen gehöre, doch der Rattenfänger beharrte auf seinem wilden Eigensinn: »Die Ratten gehören mir. Und der dort stiehlt sie mir weg«, und er schnaubte vor Müdigkeit und Entrüstung.

Um Sankt Melitón kam die Sonne heraus und schmolz den Schnee, und gegen Abend umgaben nur noch wenige zerfließende weiße Reste die nördlichen Hügelhänge. In der Abenddämmerung legte sich schließlich der Hundertjährige für längere Zeit zu Bett, und als Nini dies erfuhr, kam er heruntergeeilt und leistete ihm ein Weilchen Gesellschaft. Über dem Pritschenbett hing ein Einlauf, neben ihm stand die armselige Lampe, und über der armseligen Lampe hing ein Farbdruck der Mutter Gottes. Ohne den Blick zu wenden, ohne einen einzigen Gesichtsmuskel zu bewegen, sagte der Alte zu ihm: »Heute nachmittag, bevor ich mich zu Bett legte, wollte ich den Wind in den Federbüschen der Teichkolben hören, wie zu der Zeit, als ich ein junger Mann war. Ich ließ mich neben dem Bach niedersinken und wartete, doch der Wind klang nicht mehr wie damals. Alles vergeht, nichts wiederholt sich im Leben, mein Sohn.«

Der Junge begann ihm vom Schnee zu erzählen und vom Wilderer und von dem unter der Steineiche versteckten Hasen, und schließlich verstummte er, den Blick auf den schwarzen Lappen gerichtet, der eine Gesichtshälfte des Alten verdeckte. Dessen Atem ging ruckartig und keuchend, aber er bemerkte nichts dazu, als der Junge geendet hatte. Am nächsten Nachmittag ging Nini wieder zu ihm, und bei Einbruch der Nacht richtete der Kranke sich auf und zündete die Nachttischlampe an. Eine Woche lang besuchte Nini den Kranken täglich. Sie wechselten kaum ein paar Worte, doch sobald der Tag im Fenster zu erlöschen begann, zündete Nini, ohne dazu aufgefordert zu sein, die Lampe an. Am siebten Abend, sobald der Kleine Licht gemacht hatte, packte der Hundertjährige den schwarzen Fetzen mit zwei zittrigen Fingern, hob ihn hoch und sagte: »Komm her.«

Ninis Herz pochte heftig. Das Gesicht des Alten unter dem Lappen war eine ins Fleisch gegrabene blutunterlaufene Knetmasse, und über der Nase neben der Schläfe leuchtete gelblich der Knochen. Der Hundertjährige lachte dumpf und sagte, als er das erbleichte

Gesicht des Heranwachsenden sah: »Hast du nie den Totenkopf eines Lebenden gesehen?«

»Nein«, gab der Junge zu.

Der Hundertjährige lachte wiederum leise und sagte: »Uns alle, wenn wir tot sind, frißt das Ungeziefer. Aber das ist gleichgültig, mein Sohn. Ich bin schon so alt, daß die Biester keine Geduld mehr zum Warten aufbrachten.«

IX

Gegen Sankt Segundo kamen jedes Jahr, seit etwa vier Jahren, die Leute aus Estremadura ins Dorf. Sie bildeten eine buntscheckige Karawane mit einer Koppel gesattelter Esel, und sie kamen singend, als hätten sie statt der in zehn Tagen auf staubigen Landstraßen per Eselshuf zurückgelegten fünfhundert Kilometer ein lauwarmes Bad nach einem erquickenden Schlaf hinter sich. Der Trupp der Leute aus Estremadura bezog die Ställe des Mächtigen, dem sie fünf Reales pro Tag und Kopf bezahlten, und da sie fast sechs Monate im Dorf blieben und eine Rotte von zwölf bildeten, steckte Don Antero jährlich etwa elftausend Reales für diese Abmachung in die Tasche.

Doña Resu, das Elfte Gebot, hörte sie nahen und schloß schlagartig ihr Fenster: »Sie sind mal wieder da, Gott bewahre uns vor ihnen«, sagte sie zu Vito, ihrem Hausmädchen.

Während der ersten zwei Jahre begleitete Nini die Männer aus Estremadura beim Roden des Geländes der Talsohle und beim Entwurzeln des Steineichenwalddickichts. Vorher hatten sie das gleiche in Torrecillórigo getan, auch wenn sie jetzt Staatsangestellte waren, die sich der harten Aufgabe der Aufforstung widmeten. Die Aufforstung war das dringende Anliegen der neuen Männer, und der Krieg war noch keine vierundzwanzig Stunden ausgebrochen, da organisierten sich Freiwilligenbrigaden mit dem Ziel, Kastiliens kahle Dürre in einen blühenden Forst zu verwandeln. Es gab keine dringlichere Aufgabe, und die Obmänner sagten: »Die Bäume regulieren das Klima, ziehen den

Regen an und bilden die Humusschicht, die Pflanzenerde. Drum gilt es, Bäume zu pflanzen. Wir müssen eine Revolution machen. Hoch lebe das Land!«

Und alle Männer aller Flachlanddörfer schwärmten hoffnungsvoll mit geschulterter Hacke über die ungastlichen Berghänge aus. Aber die Augustsonne kam und versengte die zarten Schößlinge, und die Hügel blieben kahl wie Totenschädel.

Guadalupe, der Vorarbeiter der Leute aus Estremadura, der trotz seines Namens ein sonnengebräunter, muskelstarker junger Mann mit jähen, behenden Zigeunergebärden war, sagte sogleich von Anfang an zu den jungen Männern des Dorfs in Malvinos Taverne, sie seien entschlossen, Kastilien in einen Garten zu verwandeln. Pruden hatte bedenklich gelächelt, und Guadalupe hatte zu ihm gesagt: »Glaubst du das etwa nicht?«

Und Pruden hatte schwermütig erwidert: »Nur Gott tut Wunder.«

Die Leute aus Estremadura begannen ihre Arbeit bei der Donalcioschlucht und bepflanzten sie im Verlauf weniger Monate mit Fichtenschößlingen, so daß sie aussah wie das Gesicht eines Blatternarbigen. Doch sowie ihre Arbeit beendet war, schüttete eine unbarmherzige Sonne ihr Feuer über den Hügel aus, die zaghaften Weißtannen begannen zu welken, und nach zwei Wochen waren siebzig Prozent der eingepflanzten Bäumchen knochendürr und knackten wie trockenes Reisig, wenn man auf sie trat. Die Überlebenden verteidigten sich noch einige Wochen lang, doch auch sie gingen nach kurzer Zeit versengt ein, und das Antlitz der Donalcio-Schlucht wirkte wieder so mürrisch und finster, wie bevor die Leute aus Estremadura dort ihre Spuren hinterlassen hatten. Die kristallisierte Kreide glänzte am Rand der Kreidegruben, und als Guadalupe, der Vorarbeiter, die Fratzenbilder des Hügels von der Talsohle aus sah, fluchte er und sagte: »Und der Scheißberg lacht auch noch über uns.«

Ergrimmt sprachen sie von den Hügeln, doch trotz des fruchtlosen Ergebnisses ließen sie in ihrem Bemühen nicht nach. Dann und wann erschien im Dorf der Ingenieur, ein großmütiger Mensch, wiewohl von jener Bleichheit, welche die eifrig studierten Seiten wissenschaftlicher Bücher verleihen, und dann versammelte er sich mit den zwölf Männern aus Estremadura in Malvinos Taverne und hielt vor ihnen eine Ansprache, wie ein General seinen Soldaten vor der Schlacht.

»Leute aus Estremadura«, sagte er, »haltet euch vor Augen, daß vor vierhundert Jahren ein Affe, der über Gibraltar nach Spanien kam, von Ast zu Ast hüpfend, ohne die Erde zu berühren, bis zu den Pyrenäen gelangen konnte. Dank eurer Begeisterung wird das Land wieder ein riesiger Forst werden.«

Pruden und Malvino tauschten einen einvernehmlichen Blick. Nach dem Besuch des Ingenieurs, der mit ihnen von gleich zu gleich ein Gläschen trank, steigerten die Leute aus Estremadura ihre Anstrengungen, sie vertieften die Löcher eines jeden Fichtenschößlings, damit diese das Regenwasser auffangen konnten und jene gegen den kalten starken Nordwind schützten, doch die Regenfälle stellten sich nicht ein, und als der Juli nahte, siedeten die Fichtenschößlinge in ihrer Vertiefung wie Hühnchen im eigenen Saft.

Nini stellte sich häufig bei den Leuten aus Estremadura ein, denn abgesehen davon, daß sie Meister in der Kunst des Entwurzelns einer Steineiche oder des Einpflanzens einer Weißtanne mit Hilfe einer jähen Bewegung des Handgelenks waren, erinnerten sie ihn an die

Zeiten von Torrecillórigo mit Großvater Abundio, wenn bei Einbruch der Nacht im durchlöcherten Schuppen wüste Mordgeschichten erzählt wurden. Dann und wann tauchte im Dorf irgendein Bekannter auf: »Nini, Lausbub, was ist aus deinem Großvater geworden?«

»Er ist fort.«

»Wohin?«

»Ich weiß nicht.«

»Verfluchter Alter! Mit seinen Waschungen ließ er uns die ganze Nacht kein Auge zutun. Weißt du's noch?«

Doch im Dorf waren die Leute aus Estremadura nicht beliebt, weil man ihre Arbeit für unnütz hielt, weil diese den eigenen Schafen den Zugang zum Hügelland verwehrten und man ihnen alle Arten von Lastern nachsagte. Solange sie im Dorf waren, genossen die Einheimischen unumschränkte Straflosigkeit. Sobald irgendeine Untat begangen wurde, sagten die Dörfler: »Das werden die Leute aus Estremadura gewesen sein.«

Das Elfte Gebot ging noch weiter. Und wenn ein Fünfduroschein im Opferstock der Kirche erschien oder wenn irgendeine gute Tat bekannt wurde, sagte sie: »Bestimmt waren es nicht die aus Estremadura!«

Aber Nini wußte, daß die Leute aus Estremadura gute Menschen waren, bestritten sie doch ihren Alltag mit ihren Ackergeräten, mit einem Bissen Brot und einer Scheibe Speck und verlangten nicht mehr. Ihr Tageserlös wanderte ungeschmälert nach Estremadura, wo Weib und Kind sechs lange Monate ungeduldig auf sie warteten. Doch nichts von alledem vermochte die Meinung des Elften Gebotes zu mildern, für welche die Leute aus Estremadura unter allen Umständen unerwünschte Zeitgenossen waren. Und wenn sie stumm waren, erschienen sie ihr als gefährlich; und wenn sie sangen, waren sie unerzogen. Und wenn sie am Schuppen vorüberging und ihren lebhaften Chorgesang hörte, rief sie Guadalupe beiseite und sagte zu ihm: »Guadalupe, das elfte heißt: Nicht stören!«

Guadalupe, der Vorarbeiter, stellte sich in Positur: »Sie haben gut reden! Und was sollen sie tun, wenn sie nicht singen? Señora?«

»Beten!«

Guadalupe verschränkte die sonnengebräunten Arme über der Brust und wiegte den Kopf von oben nach unten wie einer, der zu verstehen gibt, daß er nur schweigt, um die Dinge nicht noch zu verschärfen.

Um Sankt Braulio begegnete Doña Resu auf dem Dorfplatz Onkel Rattenfänger: »Ich freue mich, dich zu sehen, Rattenfänger«, sagte sie zu ihm. »Weißt du, daß der Kleine die ganze Zeit mit dem Gesindel aus Estremadura zusammenhockt und aus ihrer ledernen Weinflasche trinkt und sich ihre Zoten und ihre unzüchtigen Geschichten anhört?«

»Laß ihn, Doña Resu«, erwiderte der Rattenfänger mit seinem unergründlichen Lächeln.

»So was sagst du?«

»Sehr richtig!«

»Und täte er nicht besser, auf der Schulbank zu hocken, statt Dinge zu lernen, die er nicht lernen dürfte?«

»Die weiß er schon.«

»Glaubst du wirklich, daß er die weiß?«

»Alle behaupten es.«

»Alle? Und wenn sie selbst von allem nicht einmal die Hälfte wissen, wie wollen sie dann wissen, ob die übrigen es wissen?«

Rattenfänger schob einen Finger unter seine Baskenmütze und kratzte sich heftig am Hinterkopf.

Doña Resus Stimme bekam plötzlich einen versöhnlichen Tonfall: »Hör zu, Rattenfänger«, sagte sie. »Der Nini hat einen naturgegebenen Verstand, ich glaube wirklich, daß er den hat, aber er braucht einen Führer. Wenn der Nini sich zum Lernen entschließen wollte, könnte er bald mehr wissen als jeder andere im Dorf.«

Das Elfte Gebot befragte ihr Armbandührchen und beschrieb eine Gebärde der Ungeduld: »Ich hab's eilig, Rattenfänger«, schloß sie. »Eines Tages muß ich ausführlich mit dir reden.«

Die abfällige Meinung, die Doña Resu von Nini hatte, war keine Neuigkeit im Dorf, doch bevor die Leute aus Estremadura dieses Jahr kamen, beschränkte das Elfte Gebot sich darauf, schlecht von ihm zu denken oder ihn milde auszuschelten. Dies hinderte sie nicht daran, ihn für Dienstbarkeiten anzustellen, wenn sie ihn brauchte, wie es damals geschah – um Sankt Ruperto und Sankt Johannis wird es zwei Jahre her sein –, als es um die Kaninchen ging.

»Nini«, hatte sie damals zu ihm gesagt, »werfen die Kaninchen nicht jeden Monat?«

»So ist es, Doña Resu.«

»Was ist dann mit meinem Kaninchenweibchen los, das vor sechs Monaten gedeckt wurde, und es ist nichts passiert?«

Nini antwortete nicht, öffnete den Kaninchenstall und musterte die Tiere ausgiebig. Nach einer Weile schloß er den Stall wieder zu, richtete sich auf und sagte bedächtig: »Beide sind Männchen, Doña Resu.«

Das Elfte Gebot geriet völlig außer sich und stieß ihn ungnädig aus dem Korral.

Schon zu Lebzeiten von Don Alcio Gago, ihrem Mann, war Doña Resu unbeugsam und herrschsüchtig gewesen. Don Alcio weigerte sich, bei Spannungen auch nur einen Schritt nachzugeben, doch da er Pferden nicht traute, erwarb Doña Resu sie in der Stadt aus den ausgemusterten Tieren der Begräbnisinstitute. Die Pferdchen, welche die Leichenwagen zogen, waren fügsame, jeder Unart unfähige Tiere. Trotz allem behielt Don Alcio ihren vergoldeten Gurt, das schwarzlederne Zaumzeug und den dunklen Kopfbusch bei, damit sie sich nicht, wenn man sie von diesem Schmuck trennte, über diese Regelwidrigkeit befremdet zeigten und aufbegehrten. Und wenn die Bauern sie solcherart aufgeputzt sahen, bekreuzigten sie sich, weil sie vermuteten, ein so düster aufgezäumtes Tier könne nichts als Unheil bringen. Wenn die Sonne unterging, pflegte Don Alcio auf dem Cerral anzuhalten, und dort glich er, reglos gegen das Licht gewandt, im Sattel seines federbuschgeschmückten Pferdes einer gaukelhaften Erscheinung. Fortan wurde der Cerral Donalcioschlucht genannt. Aber Don Alcio beerdigte vier Reittiere, bevor er selbst starb, und als das geschah, trug Doña Resu strenge Trauer und weigerte sich sogar, am ersten Sonntagsfest nach Ostern teilzunehmen, und wohnte der Sonntagsmesse zwei Jahre lang durch das Gitter des Beichtstuhls bei.

Don Ciro, der Gemeindepfarrer von Torrecillórigo, der im Notfall die zweite Messe im Dorf las, war allzu jung und schüchtern, um ihr zu widersprechen: »Wenn dein Gewissen auf diese Weise ruhiger ist, mache es so«, sagte er. Don Ciro stellte sich an Sonntagen gegen elf Uhr auf dem Traktor des Mächtigen ein, zelebrierte eine einfache Messe und versuchte das Evangelium auf einfache Weise zu erläutern. Mamertito, Prudens kleiner Sohn, der als Chorknabe amtierte, läutete nie die Glocken, bevor er nicht vom Glockenturm aus die Staubwolke erkannte, die der Fordson des Mächtigen auf der Landstraße aufwirbelte.

Mamertito hatte schon von früher Kindheit an behauptet, daß ihm vor dem Einschlafen der heilige Gabriel erscheine. Mit sechs Jahren nahm sein Gesicht einen blöden Ausdruck an, und Sabina, seine Mutter, sagte, daran seien die Erscheinungen schuld. Doch zwei Jahre später stürzte der Junge von der Dreschtenne und stieß aus der Nase einen Trieb samt Wurzeln und allem Sonstigen sowie reichlich Blut und Eiter, und auf diese Weise belebte sich sein Gesicht von neuem, und Sabina zankte ihn enttäuscht aus, daß sie, wenn er noch einmal Sankt Gabriel beleidigen sollte, ihm das Gesicht ohrfeigen würde.

Um Sankt Jonás ließ Doña Resu Nini zu sich kommen: »Komm rein, Kleiner«, sagte sie. »Die Hündin laß aber draußen.«

Der Junge blickte sie seelenruhig an und sagte forsch: »Wenn sie nicht mit reinkommen darf, bleib' auch ich draußen, Doña Resu, das sollen Sie wissen.«

»Ist gut. Dann reden wir eben im Korral.«

Aber sie blieben im Vorraum stehen und setzten sich auf eine so hohe alte Nußbaumtruhe, daß Ninis Füße nicht bis zum Fußboden reichten. Das Elfte Gebot befleißigte sich an diesem Nachmittag einer honigsüßen, wohlerzogenen Ausdrucksweise: »Sag mir, mein Sohn, warum treibst du dich immer so allein herum?«

»Ich treibe mich nicht allein herum, Doña Resu.«

»Mit wem dann?«

»Mit der Hündin.«

»Seele unseres Herrgotts! Ist ein Tier jemand?«

Nini blickte sie überrascht an und erwiderte nichts.

Doña Resu fuhr fort: »Und die Schule? Warum gehst du nicht in die Schule, Nini?«

»Wozu denn?«

»Was für eine Frage! Um zu lernen.«

»Lernt man in der Schule?«

»Na, so was! In der Schule werden die Buben dazu erzogen, daß sie eines schönen Tages brauchbare Männer werden.«

Doña Resu lächelte, als sie die Ratlosigkeit des Kleinen beobachtete, und fuhr fort: »Hör mich an. Die Dummköpfe im Dorf und das Gesindel aus Estremadura werden dir sagen, daß du vieles weißt, aber höre nicht auf sie. Wenn sie von gar nichts eine Ahnung haben, wie können sie dann wissen, ob du etwas weißt?«

Sie blickten einander schweigend an, und Doña Resu fügte schließlich hinzu, um ihre vorteilhafte Ausgangsstellung nicht zu gefährden: »Weißt du zufällig, Kleiner, was Langmut ist?«

Der Junge blickte sie mit demselben maßlosen Erstaunen an, mit der er zwei Nachmittage zuvor Rosalino angeblickt hatte, als dieser ihm vom Fahrersitz des Fordson aus gesagt hatte, er solle dem Vergaser einen Schubs versetzen, weil der Motor eine Fehlzündung habe. Da Nini sich nicht rührte, fragte Rosalino: »Weißt du etwa nicht, wo der Vergaser ist?«

Schließlich zuckte der Junge die Achseln und sagte: »Davon versteh' ich nichts, Señor Rosalino, das ist erfunden.«

Doña Resu betrachtete ihn jetzt mit einem Anflug von Stolz, und über ihre Mundwinkel huschte ein kaum merkliches Lächeln.

»Sag«, hakte sie nach. »Weißt du rein zufällig, was Langmut ist?«

»Nein«, sagte der Junge schroff.

Doña Resus Lächeln erblühte wie Klatschmohn.

»Gingest du in die Schule«, sagte sie, »wüßtest du diese Dinge und noch anderes mehr, und eines schönen Tages würdest du ein brauchbarer Mensch.«

Eine Pause entstand. Doña Resu bereitete sich zu einem neuen Angriff vor. Die Gleichgültigkeit des Jungen, das Fehlen jeder Reaktion begann sie aus der Fassung zu bringen. Plötzlich sagte sie. »Kennst du das große Auto von Don Antero?«

»Ja. Der Großstummel sagt, es ist ein Männchen.«

»Jesus Maria, was für ein Unsinn. Kann denn ein Automobil ein Männchen oder Weibchen sein? Sagt das etwa der Pfarrer?«

»Ja.«

»Noch so ein Ignorant. Wenn der Großstummel zur Schule gegangen wäre, würde er nicht solchen Unsinn verzapfen.«

Sie wechselte den Tonfall, um fortzufahren: »Und würde es dir keinen Spaß machen, ein Auto wie das von Don Antero zu besitzen, wenn du groß bist?«

»Nein«, sagte der Junge.

Doña Resu räusperte sich.

»Ist gut«, sagte sie darauf, »aber du würdest doch gerne Kiefern pflanzen können, und zwar besser als Guadalupe, der aus Estremadura.«

»Ja.«

»Oder wissen, wie viele Krallen der Königsadler hat oder wo der eidechsenfressende Turmfalke nistet, ja oder nein?«

»Das weiß ich schon, Doña Resu.«

»Ist gut«, sagte das Elfte Gebot in ungnädigem Tonfall. »Du willst wohl, daß Doña Resu wütend wird. Das willst du doch, oder?«

Der Junge antwortete nicht. Fa betrachtete ihn geduldig von der goldschimmernden Türschwelle aus. Doña Resu richtete sich auf und legte Nini eine Hand auf die Schulter.

»Schau, Nini«, sagte sie mütterlich, »du hast eine natürliche Begabung, aber du mußt das Gehirn schulen. Wenn du einem Vögelchen nicht täglich zu fressen gibst, geht es ein, ja oder nein? Es ist nämlich dasselbe.«

Sie räusperte sich dümmlich und fügte hinzu: »Kennst du den Ingenieur von den Leuten aus Estremadura?«

»Don Domingo?«

»Ja, Don Domingo.«

»Ja.«

»Du könntest nämlich werden wie er.«

»Ich will aber nicht werden wie Don Domingo.«

»Na gut, wenn man Don Domingo sagt, kann man irgendeinen anderen meinen. Ich will damit sagen, du könntest ein Señor werden, wenn du dich nur ein wenig anstrengen würdest.«

Der Kleine hob jäh den Kopf: »Wer sagt Ihnen, daß ich ein Señor sein möchte, Doña Resu?«

Das Elfte Gebot hob die Augen zur Decke. Und sagte, ihre Gereiztheit unterdrückend: »Ich glaube, es ist besser, wenn ich mit deinem Vater spreche. Du bist arg dickköpfig, Nini. Aber nimm dir zu Herzen, was Doña Resu zu dir sagt: In dieser Welt kann einer nicht mit gefalteten Händen zuschauen, wie die Sonne aufgeht und wie sie untergeht, verstehst du mich? Das elfte heißt: Arbeiten!«

X

Grosstummel stand auf, bevor der Tag erwachte, und ließ sofort auf der Mitte des Platzes sein Horn erschallen, und wenn die Nachbarn das Signal hörten, zogen sie noch schlaftrunken an dem an der Stallklinke festgehakten Seil, und die Schafe und die Ziegen liefen von alleine herbei, scharten sich um den Hirten und ließen jubilierend ihre Glöckchen erschallen. Kleinstummel seinerseits kehrte zu dieser Stunde bereits vom Flüßchen zurück, wo er das Vieh getränkt hatte, und die Brüder begegneten einander auf dem Dorfplatz und begrüßten sich, indem sie langsam und freundschaftlich die Hand hoben, als seien sie sich unbekannt.

»Guten Tag.«

»Einen guten Tag, so Gott will.«

Dann verzog sich Kleinstummel in den Stall, säuberte die Krippen und legte das Futter ein, während Großstummel mit der Herde den Höhenweg einschlug und das erste Morgenlicht ihn überraschte, das wie üblich die Hügel entlangstrich.

Im Herbst und im Winter waren die ersten Lebewesen, die Großstummel unten im Tal zwischen den an den Silberstreifen des Flüßchens grenzenden dunkelbraunen Schollen erkennen konnte, Onkel Rattenfänger und Nini. Er konnte sie deutlich erkennen, obwohl sie noch ganz klein waren, und erriet an ihren Bewegungen, ob die Ratte ihnen entwischte oder ob sie ihr Opfer wurde.

Auf einem flachen Stein auf halber Höhe hockend, verfolgte er jetzt, während er frühstückte, ihr Hin und Her mit gleichgültig kühler Aufmerksamkeit.

Drunten in der Talsohle trat Rattenfänger mißgelaunt von dem Loch zurück.

»Es ist nicht bewohnt«, sagte er.

Das Flüßchen mit seinem vorzeitig niederen Wasserstand rann mühsam zwischen Schilfrohr und Teichkolben hindurch, und zu beiden Seiten verdörrte das durstige Stoppelfeld unter einer streitbaren Sonne im Gegensatz zu der trügerischen Fülle der sprießenden Weizenähren.

Der Junge spornte die Hündin an: »Los, hol sie, Fa!«

Das Tier, die Schnauze nur knapp über der Erde, durchschnüffelte die Uferpfade und patschte beim Durchwaten von einem Ufer zum anderen geräuschvoll im Wasser. Plötzlich pflanzte sie sich mit gerecktem Schwanzstummel auf, den kleinen Kopf schräg gestellt, die Augen starr, den Körper gespannt und reglos.

»Aufgepaßt, Drecksbiest!« sagte der Rattenfänger und zückte den Stachel.

Die Hündin stürmte mit kurzem Bellen blind los und durchbrach wie ein Blitz Merk und Schilfrohr, die ihr den Weg versperrten. Einige Sekunden lang rannte sie geradeaus weiter, doch plötzlich blieb sie stehen, machte kehrt, schnupperte in alle Richtungen, hob schließlich verwirrt den Kopf und hechelte atemlos.

»Sie hat sie verloren«, sagte Nini.

»Sie ist schon alt und hat keine gute Spürnase mehr«, sagte Onkel Rattenfänger.

Nini blickte ihn zweifelnd an. Und nach einer Pause: »Sie ist trächtig. Das ist mit ihr los.«

Der Mann antwortete nicht. Die Hündin erreichte das Ufer mit einem Sprung, kauerte sich nieder und scharrte nervös mit den Pfoten, bis sie den kleinen nassen Flecken mit Erde bedeckt hatte. Jedesmal, wenn sie auf dem Feld urinierte, versuchte sie, keine Spur zu hinterlassen. In der Talsohle brauchte der Junge die Stelle nur mit einer Handbewegung zu bezeichnen, damit das Tier hinlief und sich erleichterte.

Als sie noch ganz jung war, hob sie das Hinterbein wie die Männchen, doch nach dem ersten Wurf setzte das Tier sich nieder und wurde sich seines Geschlechts bewußt. Vorher hatte Antoliano ihr den Schwanz mit einem einzigen Schlag seines Stemmeisens beschnitten. Jedenfalls war Fas Stummel fröhlich und ausdrucksstark wie jene Männer, auf die es Unglücksschläge hagelt und die dennoch lächeln. Durch Fas Stummel erfuhr Nini, wo es Ratten gab und wo nicht, ob sie fröhlich oder traurig war, wo der Wiedehopf und der Triel nisteten, oder ob Gefahr im Verzug war.

»Sie ist es vom Hund des Hundertjährigen«, erläuterte Nini nach einer Pause, ohne daß der Mann ihn um Erklärungen gebeten hätte.

»Vom Duque?«

»Ja. Nachts läßt die Sime ihn laufen.«

Rattenfänger schüttelte ungehalten den Kopf. Sein unrasierter störrischer Bart sträubte sich kräuselnd, und seine schmutzige Baskenmütze hing bis auf die Ohren. Seine Augen trübten sich, als er sagte: »Es gibt keine Ratten mehr.«

Der Frühling kündigte sich an, und die Jagdtaschen füllten sich immer mühseliger und kärglicher. In keinem Jahr war das so gewesen. Am Bach wimmelte es sonst von Ratten – manchmal fünf oder sechs in einem einzigen Bau –, und selten kam ein Tag, an dem Onkel Rattenfänger nicht eine Jagdbeute von drei Dutzend nach Hause brachte. Jetzt erbeutete er mit größter Mühe ein Drittel davon. Während Onkel Rattenfänger die zahnlosen Kiefer aufeinanderpreßte, sagte er: »Jener stiehlt sie mir.«

Malvino in der Taverne versuchte ihm allabendlich einzureden: »Die Ratten gehören dir, Rattenfänger, laß dir das endlich gesagt sein. Dieser Gauner soll sich gefälligst ein anderes Jagdrevier suchen.«

»So ist es«, sagte Rattenfänger, und seine Hals- und Armmuskeln spannten sich zum Platzen. Malvino setzte noch hinzu: »Er will dir das Brot wegnehmen, laß dir von diesem Faulenzer nicht in die Suppe spukken.«

Dann tat Rattenfänger bis zum nächsten Nachmittag nichts anderes, als seine Worte wiederzukäuen, obwohl Nini ihn davon zu überzeugen versuchte, daß die Ratten wie der Weizen seien, der in dem einen Jahr gut und im nächsten schlecht gedeihe, und schob die augenblickliche Knappheit auf die Frettchen und die Wiesel.

»Die müssen ja etwas zu fressen haben«, sagte er, »Kaninchen gibt es keine.«

Manchmal stellte der Junge sich vor, die Ratten seien von der Kaninchenpest befallen, doch je mehr er den Fall untersuchte, desto weniger gelang es ihm, auf eine kranke Ratte zu stoßen. Kaninchen ließen sich dagegen mit Leichtigkeit auf dem Hochland finden, auf den Fußsteigen oder den Gebirgspfaden, mit ihrem fahlen Kopf, mit geschwollenen Lidern, dem pustelgespickten Schnäuzchen. Ein angestecktes Tier war ein wehrloses Wesen, das an Entkräftung starb: blind und ohne Geruchssinn war es außerstande, Nahrung zu finden.

Nini hob eine Nistgrube aus und machte Onkel Rattenfänger darauf aufmerksam: »Schau«, sagte er.

Zwischen dem Stroh bewegten sich zwei winzige rötliche Körper. Ihre Augen waren noch geschlossen, aber dafür sperrten sie unverhältnismäßig große Schnauzen auf.

»Schau doch, zwei Junge«, fügte der Junge hinzu. »Niemand hat schuld daran.«

Für gewöhnlich beliefen sich die Rattenwürfe auf fünf bis acht. Als Rattenfänger sie aufmerksam beobachtet hatte, sagte er: »Sie sind von gestern nacht.«

Der Junge deckte das Nest zu, behutsam, um sie nicht zu zerquetschen. Er sagte beharrlich: »Es ist ein Schaltjahr. Niemand ist schuld.«

Am nächsten Morgen, als er im Flußbett dem Fischotter nachstellte, stieß er auf den Rattenjäger von Torrecillórigo. Er war ein schmucker junger Mann mit lebhaften Augen und entschlossener Miene, er trug ein graues Kordsamtjackett und Nagelstiefel wie der Wilderer. Sein Hund schnüffelte lautlos im Merkgewächs. Der Mann lächelte dem Jungen zu und sagte, während er mit dem Eisenstachel in der Erde stocherte: »Was ist los, wieso gibt es heuer keine Ratten?«

»Was weiß ich«, sagte der Junge.

»Letztes Jahr gab es sie doch karrenweise.«

»Dieses Jahr aber nicht. Die Wiesel bluten sie aus. Und die Frettchen.«

»Die Frettchen auch?«

»Aber klar. Es gibt droben keine Kaninchen. Die Pest hat sie vernichtet. Sie müssen schließlich was fressen.«

Dann blieb er eine Weile stumm neben dem Flußbett stehen und beobachtete ihn. Auch Fa sah ihn aufmerksam an und knurrte dann und wann mit schlecht verhehltem Groll. Nini warf einen Blick auf den schlaffen Beutel am Gürtel des Mannes: »Hast du nichts gefangen?«

Der andere lächelte; sein Lächeln wirkte sehr weiß in seinem sonnengebräunten Gesicht.

»Ich hab' nicht mal welche gesehen«, sagte er.

Der Junge stützte die Ellbogen auf die Knie und bettete das Gesicht zwischen die Hände.

»Warum tust du das?« wollte er schließlich wissen.

»Warum tue ich was?«

»Ratten jagen.«

»Zum Vergnügen, schau. Ich habe Spaß an Ratten.«

»Verkaufst du sie?«

Der Mann brach in freimütiges Gelächter aus.

»Das ist gut! Wenn ich welche für mein Vesperbrot finde, genügt mir's schon«, sagte er.

Nun schlug der Junge ihm vor, er solle doch im Umkreis von Torrecillórigo jagen. Der junge Mann schien belustigt.

»Ist das hier verboten?«

Der Junge verharrte stumm. Nun setzte sich der Mann auf die Böschung, drehte sich eine Zigarette, zündete sie an und legte sich in die Sonne. Er blinzelte, man konnte nicht erkennen, ob vom Zigarettenrauch oder von der starken Sonne, und plötzlich richtete er sich auf und sagte: »Mir scheint, es will nicht regnen.«

Seit Sankt Juan Clímaco sagte Pruden jeden Abend in Malvinos Taverne: »Wenn es auf Sankt Quinciano nicht regnet, wird es schlimm, bei Gott!«

Rosalino und Virgilio, José Luis und Justito und Guadalupe und alle Männer aus dem Dorf sagten nichts, aber jedes Morgengrauen beim Erwachen richteten sie die Augen zum Himmel und murmelten beim Betrachten des endlosen Blaus Flüche und wetterten zwischen den Zähnen. Trotzdem machten sie sich fertig und zogen beim ersten Sonnenstrahl aus, um ihre Saatfelder zu pflügen oder ihre Stoppelfelder zu wenden, und nach der Arbeit hockten sie sich schweigsam in die Taverne, um auf den Regen zu warten, und manchmal versuchten sie auch, sich von der ewigen Warterei abzulenken, und sagten: »Los, Virgilio, spiel uns auf. So haben wir wenigstens Musik.«

Und dasselbe geschah im September, wenn sie geduldig darauf warteten, daß es regnete, um die Ernte einzubringen. Die Männer aus dem Dorf taten alles, um sich gegen Widrigkeiten zu wappnen, und schmückten den Ablauf des Jahres mit Feiern und Volksfesten zu Ehren der Schutzheiligen. Doch das Wasser oder der Hagel oder die Blattlaus oder der schwarze Frost zerstörten immer wieder alles. Um das Märzständchen herum, das dieses Jahr auf Sankt Porfirio fiel, glich das Dorf einer Begräbnisstätte. Trotzdem teilten sich die jungen Männer wie üblich in zwei Chöre auf und stritten miteinander um Virgilio Morante, doch gleich nach dem Anzünden der Freudenfeuer stellte sich Señora Clo ein und sagte, die Nachtkühle komme und Virgilio sei erkältet und sollte daher lieber zu Hause bleiben. Ohne Virgilio fanden die Chöre kaum den richtigen Ton und Einsatz, und die jungen Mädchen lachten von ihren Balkonen aus über ihre mißtönenden Anstrengungen. Später, in den Weinkellern, gab es nicht genug Ratten für alle, und wieder bestätigte sich die alte Prophezeiung des Hundertjährigen: »Wein in Massen, Schnittchen mit Maßen.«

Und José Luis sagte zum Onkel Rattenfänger grob: »Du taugst zu nichts mehr, du solltest um einen Platz in der Pflegeanstalt bitten.«

Und der Rattenfänger sagte: »Es gibt keine Ratten mehr, der dort stiehlt sie mir.«

Kaum war Nini von der Fischotterjagd zurückgekehrt, sagte Onkel Rattenfänger mechanisch zu ihm: »Hast du ihn gesehen?«

Nini antwortete nicht. Onkel Rattenfänger hob die Augen von seiner Puchero-Suppe.

»Hast du ihn gesehen?« wollte er beharrlich wissen.

Der Junge zögerte ein Weilchen, bis er erwiderte: »Er weiß es nicht. Und der Hund genausowenig.«

Der Rattenfänger packte ihn beim Schopf und zwang ihn, den Kopf zu heben: »Wo hat er sich rumgetrieben, sag!«

Der Junge verzog schmerzvoll den Mund.

»In Revueltas«, sagte er. »Aber er weiß es nicht. An einem ganzen Nachmittag hat er eine einzige Ratte gefangen, siehst du.«

Onkel Rattenfänger ließ ihn los, aber seine Finger verharrten verkrampft, schließlich verschränkte er sie mit denen der anderen Hand, als wollte er die Kehle von irgend jemandem packen.

»Wenn ich den zu fassen kriege, bring' ich ihn um«, sagte er.

Dann keuchte er vor Anstrengung.

Um Sankt Andrés Hivernón büßte die Hündin ein Auge ein. Es geschah an dem Tag, als Großstummel, der Hirt, eine eineinhalb Meter lange Schlange mit Stockschlägen tötete, die Prudens Ziege, nachdem sie diese hypnotisiert, gierig verschlungen hatte. Onkel Rattenfänger hatte Fa mit seiner Unersättlichkeit ins Unglück getrieben, mit seinem ständigen Wunsch, sie im Schilf, in den Binsen, im Dornengestrüpp Beutelratten aufspüren zu sehen. Onkel Rattenfänger wurde es nicht müde: »Such, Drecksbiest.« Und das Tier schnüffelte gehorsam durch Merkgesträuch und Winden.

Als sie mit verletztem Auge aus dem Gestrüpp auftauchte, winselte sie schwach. Onkel Rattenfänger sagte: »Sie taugt nicht mehr, sie ist zu alt.«

Und der Junge nahm sie in seine Arme und verbrachte die Nacht damit, ihr Kompressen aus Aloe und Pfeffer aufzulegen. Am nächsten Morgen badete er ihr Auge mit Pflaumensaft, aber alles erwies sich als vergeblich; die Hündin blieb einäugig, mit einem seltsamen, halb schelmischen, halb stummen Gesichtsausdruck.

Um Sankt Juan de Ante Portam Latinam warf die Hündin; sechs gefleckte Hundejunge und eines mit zimtfarbenem Fell. Nini ging zum Hundertjährigen hinunter und überbrachte ihm die frohe Botschaft.

»Jetzt sind wir Verwandte, oder?« sagte der Alte zu ihm.

»Verwandte, Señor Rufo?«

»Schau her. Stammen die Hunde nicht vom Duque und von deiner Hündin?«

»Ja.«

»Also.«

Der Junge konnte sich nicht an die neue Einsamkeit gewöhnen. Die Hündin fehlte ihm an seiner Seite. Jedesmal, wenn er aus der Höhle ins Freie trat, folgte das Tierchen ihm mit dem fragenden Blick, ob es ihn allein gehen oder seine Jungen im Stich lassen sollte. Eines Nachmittags, als er von seinem Umherschweifen zurückkehrte, fand er sie kläglich heulen. Unter ihr, verborgen zwischen ihren Zitzen, spielte vereinsamt das zimtfarbene Hündchen. Rattenfänger sagte zu ihm mit hinterhältigem Lächeln: »Der da sieht gut.«

Nini sah ihn wortlos an. Onkel Rattenfänger fügte hinzu: »Der hat wachsame Augen.«

Der Junge zögerte.

»Und die anderen?« fragte er schließlich.

»Die anderen?«

»Wo hast du sie hingetan?«

Auf Onkel Rattenfängers Gesicht zeichnete sich eine halb durchtriebene, halb dümmliche Fratze ab.

»Wo? Dort drüben.«

Die Hündin winselte neben ihm, und Nini nahm den Hund in seine Arme und verließ die Höhle. Fa lief vor ihm drein und spürte den Wassergraben entlang, überquerte den Fußpfad, und an der Grenze des Weizenfeldes gelangten sie zur Weide, und sie hob die Schnauze in den Wind, und schließlich wandte sie ohne Zögern den Schritt geradewegs zum Fluß. Dort angekommen, duckte sie sich mit hängendem Kopf, wie schicksalsergeben. Nun konnte Nini zwischen den Schwertlilien das erste Hündchen erkennen. Eines nach dem anderen sammelte er die sechs Kadaver ein und hob an Ort und Stelle, auf der Weide, ein tiefes Grab aus und beerdigte sie. Nach Beendigung seiner Arbeit pflanzte er ein Steckenkreuz auf den kleinen Erdhügel, und Fa rollte sich neben ihm zusammen und blickte ihn erloschen mit ihrem einzigen dankbaren Auge an.

XI

Der Storch wanderte fast immer zur Unzeit ein, was Nini nicht daran hinderte, seine Ankunft jedes Jahr mehrere Tage im voraus anzukündigen. Im Tal war man seit langer Zeit der Ansicht, der Storch sei ein Vorbote des Frühlings, auch wenn in Wirklichkeit um Sankt Blas, dem Tag, an dem er für gewöhnlich eintraf, erst der halbe harte Hochlandwinter vorüber war. Der Hundertjährige pflegte zu sagen: »In Kastilien weiß man für alle Fälle: neun Monate Winter und drei Monate Hölle.«

Und es gab kaum ein Jahr, in dem er sich irrte.

Nini, der Kleine, wußte, daß die Störche, die auf dem Turm nisteten, immer dieselben waren und nicht deren Jungen, denn er hatte sie einmal beringt, und im nächsten Jahr kehrten sie mit ihrer gewohnten Pünktlichkeit wieder, und ihre Ringe schimmerten auf der Spitze des Glockenturms in der Sonne, als wären sie aus Gold. Vor längerer Zeit war Nini wie jedes Frühjahr am Sonntag nach Ostern auf den Turm geklettert und hatte von dem höchsten Punkt des Turms aus unter dem Geflecht des Nestes gebannt die Umwandlung der Erde beobachtet. Zu dieser Jahreszeit tauchte das Dorf aus dem Nichts wieder auf und stellte beim Entfalten seiner sinkenden Lebenskraft eine trügerisch wirkende Fruchtbarkeit zur Schau. Die Weizenfelder bildeten einen grünen Teppich, der im Unendlichen zerfloß, begrenzt von der Hügelkette, deren dürre Kuppen vom matten Grün des Thymians und des Ginsters, dem wäßrigen Blau des Lavendels und der tiefen Maulbeerfarbe des Salbeis besänftigt wurden. Trotzdem zeigten die Höhen nach wie vor ein scheußliches Antlitz, was von dem wechselvollen Schillern der kristallisierten Kreide und der entsagungsvollen Haltung der Herde des Hirten Großstummel noch betont wurde, die zwischen Erdspalten und Schotter hartnäckig die karge Grasnarbe und das Unkraut abweideten.

Unter dem Glockenturm erstreckte sich das Dorf, begrenzt vom Bach, von der Provinzlandstraße, dem Strohschober und den Ställen von Don Antero, dem Mächtigen. Das Flüßchen glitzerte und spiegelte die bebende Starrheit der drei Uferpappeln mit ihren wieder begrünten Ästen. Auf der anderen Flußseite konnte der Junge seine Höhle erkennen, infolge der Entfernung winzig wie das Loch einer Grille, und an der Kehre des Felsenhangs die zerstörten Höhlen seiner Großeltern, von Sagrario, der Zigeunerin, und von Mamés, dem Stummen. Der Eichenhain erhob sich über dem Dorf, und die Adler und die Bussarde überflogen ihn unablässig auf der Jagd nach ihrem Lebensunterhalt. Das Ganze war wie eine wunderbare Auferstehung, und als der Tag der Bekehrung des heiligen Augustin nahte, trieb das Laubwerk des Baches von neuem wirr und rauh, die Grenzwege waren überwuchert mit Feldmohn und Margeriten, Veilchen und wilde gelbe Blumen drängten sich in den feuchten Straßengräben, und die Grillen unterbrachen die Stille des Tals mit aufreizender Hartnäckigkeit.

Trotzdem blieb dieses Jahr das Wetter rauh bis zu Santa María Cleofé, obwohl der Kalender zwei Wochen zuvor den Frühlingsanfang angekündigt hatte. Ein paar hohe, leicht schwärzliche Wolken furchten geschwind den Himmel, aber der Nordwind ließ nicht nach, und die Hoffnungen auf Regen schwanden. Neben dem Bach säten die Männer aus dem Dorf in den winzigen Parzellen, die das Wasser erreichte, Endivien, Mangold, Artischocken und Zwergerbsen. Andere schnitten das Korn der hochgelegenen Äcker als Grünfutter und verrichteten die Saat der rasch wachsenden Getreidesorten. Die Stuten wurden gedeckt, und mit der Milch der Ziegen und Schafe bereiteten sie Käse zu für den Markt von Torrecillórigo. Die jüngst aufgesteckten Bienenkörbe wurden gelüftet, um vorzeitiges Schwärmen zu verhüten, und Nini, der Kleine, hatte alle Hände voll zu tun, um den Nachfragen seiner nächsten Nachbarn nachzukommen: »Nini, mein Junge, schau her, ich möchte neue Bienenvölker gründen. Wenn ich keinen Weizen ernte, möchte ich wenigtens Honig ernten.«

»Nini, stimmt es, daß mich der Bienenschwarm verlassen wird, wenn ich nicht die Zellen der Bienenköniginnen vernichte? Und wie zum Teufel soll ich die Königinzellen erkennen?«

Und Nini half den einen wie den anderen mit seiner gewohnten Gefälligkeit.

Um Sankt Lamberto verzogen sich die Wolken, der Himmel tat sich auf, und über den Kornfeldern bildeten sich allmählich weißliche Kreise. Pruden schlug eines Abends in der Taverne Alarm.

»Die Parasiten sind da!« sagte er. »Das Kupfersulfat kommt dagegen nicht an.«

Ihm antwortete Stillschweigen. Schon seit zwei Wochen hörte man im Dorf nichts als das finstere Krächzen des Storchs hoch oben auf dem Turm und das schwermütige Blöken der neugeborenen Lämmer hinter den Dornenhecken der Korrale. Männer und Frauen schleppten die Füße durch den Staub der schmutzigen Gassen mit düsterem Blick, als warteten sie auf ein Unheil. Nur allzugut kannten sie die Parasiten, um nicht zu verzweifeln. Im Jahr des Hungers hatte das »Hahnauge« die Saatfelder verheert, und zwei Jahre später verschonte der »Zyklon« nicht eine einzige Ähre. Die Männer aus dem Dorf sagten »Zyklon« und verschränkten mechanisch die Finger, so wie sie Don Ciro es jedesmal tun sahen, wenn er von der Kirchenkanzel vier lateinische Brocken von sich gab. Die Gläubigsten berührte es wie eine Gotteslästerung, daß eine so grausame und verheerende Plage »Zyklon« getauft wurde. Trotzdem, gleich ob der Name angebracht oder unangebracht war, machte der »Zyklon« sie wütend oder bedrohte sie zumindest alle Jahre im Monat April.

Onkel Rufo sagte: »Ist der April von Stürmen bar, bleibt uns erspart ein Elendsjahr.«

Und im Grunde ihrer Herzen nährten die Männer aus dem Dorf wütenden Haß auf diesen wankelmütigen und launischen Monat.

Um Sankt Fidel von Sigmaringen schlug Doña Resu angesichts der sich hinziehenden Dürre vor, den Heiligen hervorzuholen, um den Regenfall vom Allerhöchsten zu erflehen, da nicht einmal Don Ciro, der Stadtpfarrer von Torrecillórigo, infolge seiner allzu großen Jugend und Demut sowie seiner unentschlossenen Schüchternheit nach Ansicht der Männer aus dem Dorf einem so transzendenten Geschäft gewachsen zu sein schien. Von Don Ciro erzählte man sich, an dem Tag, als Yayo, der Hufschmied von Torrecillórigo, seine Mutter mit Stockschlägen umgebracht, sie unter einem Dunghaufen beerdigt und anschließend jenen aufgesucht hatte, um seine Schuld loszuwerden, habe Don Ciro ihn freigesprochen und sanft zu ihm gesagt: »Bete drei Ave-Marias, mein Sohn, mit Inbrunst, und tu es nicht wieder.«

In Anbetracht all dessen wurde die Sehnsucht nach Don Zósimo, dem Geistlichen, unablässig geschürt. Don Zósimo, der alte Gemeindepfarrer, war zweieinhalb Meter groß und wog hundertfünfundzwanzig Kilo. Er war ein leutseliger Mann, der nie aufhörte zu wachsen. Ninis Mutter Marcela benützte seine Person, um ihrem Sohn Angst einzuflößen: »Wenn du nicht still bist«, sagte sie, »bring' ich dich zum Pfarrer, damit du ihn schnarchen siehst.«

Und Nini verstummte, weil dieser riesenhafte Mensch ganz in Schwarz ihn mit seiner mächtigen Donnerstimme zu Tode erschreckte. Und in den Bittgebeten schien der Pfarrer nicht etwa zu flehen, sondern zu fordern: »Herr, gewähre uns einen gesunden Regen und laß über das durstige Antlitz der Erde die himmlischen Ströme rinnen«, als spräche er zu einem Gleichgestellten in einer vertraulichen Unterhaltung. Und von seinem donnernden Organ schienen sogar die Hügel zu zittern und zu beben. Ciro hingegen kniete im Staub vor dem Steinkreuz nieder und sagte, den Kopf demütig senkend und seine schwachen Arme ausbreitend: »Besänftige, Herr, deinen Zorn dank der Gaben, die wir Dir zum Opfer bringen, und sende uns die dringend benötigte Hilfe eines üppigen Regens.«

Und seine Stimme war ebenso schwach wie seine Arme, und die Nachbarn aus dem Dorf bezweifelten, daß ein so hilfloses Bittgesuch beim Allerhöchsten Gehör finde. Und das gleiche geschah bei der Predigt. Jedesmal, wenn Don Zósimo, der Pfarrer, die Kanzel bestieg, wetterte er gegen die Unzucht und drohte mit dem Höllenfeuer. Und predigte mit einer Stimme, die von jenseits des Grabes zu hallen schien, und sobald er die letzte Standpauke beendet hatte, verließen Männer und Frauen die Gemeindekirche schweißgebadet, so als hätten sie mit den Verdammten einige Tage lang die Qualen der Hölle durchlitten. Don Ciro hingegen sprach sanft mit wohlüberlegter, aufrichtiger Herzenswärme von einem nahen und barmherzigen Gott, von der sozialen Gerechtigkeit und von der gerecht verteilenden Gerechtigkeit und von der umformenden Gerechtigkeit, doch sie begriffen von alldem nichts, und wenn sie diese Reden überhaupt hinnahmen, so einzig und allein, weil Don Antero, der Mächtige, und Manuel, der älteste Sohn Don Anteros, beim Verlassen der Kirche während des Sommers gegen Pfarrer wetterten, die sich in die Politik einmischten und die Nase in Dinge steckten, die sie nichts angingen.

Dennoch strömte das Dorf in Massen zu den Bittgebeten. Bevor der Tag anbrach und sobald Antolianos weißer Hahn von der Dornenhecke des Korrals aus sein heiseres Kikeriki hervorstieß, bildeten sich schwerfällig zwei düstere Marschkolonnen, die erschöpft den undeutlichen Wagenspuren folgten. Schritt für Schritt beteten Männer wie Frauen den Rosenkranz des Morgenrots, blieben bei jeder Kreuzesstation stehen, und dann drang das süße Glöckchengeläut der Schafe von Großstummel von den Berghängen zu ihnen. Und als wäre dies das Zeichen, stimmte die Dorfbevölkerung jetzt schmerzlich und unrein das »O mein Gott, vergib uns« an. Und sie sangen, bis sie das Steinkreuz des Hügels erreichten, vor dem Don Ciro sich demütig niederwarf und sagte: »Besänftige, Herr, Deinen Zorn angesichts der Gaben, die wir Dir zum Opfer bringen und sende uns die dringend benötigte Hilfe eines üppigen Regens.«

Und so einen Tag um den anderen.

Um Sankt Celestino und Sankt Anastasio herum gingen die Bittgebete zu Ende. Der Himmel blieb nach wie vor unbedeckt und zeigte ein zunehmend leuchtenderes Blau als am Vortag. Dennoch beobachtete Nini bei Sonnenuntergang, daß der durch Rohr entweichende Höhlenrauch durch den Hohlweg floh und wie eine Schlange auf dem Hügelkamm entlangkroch. Ohne einen weiteren Gedanken machte er kehrt und rannte den Wassergraben abwärts, mit weit geöffneten Armen, als schwebe er. Auf dem über den Bach führenden Brückchen erkannte er den über die Erde gebeugten Pruden.

»Pruden!« schrie er aufgeregt und deutete mit dem Finger auf den Kamin, einen halben Felsenhügel entfernt: »Rauch auf dem Boden, Wasser hoch oben, morgen wird's regnen und toben!«

Und Pruden hob sein verschwitztes Gesicht und blickte ihn an wie eine Gespenstererscheinung, zunächst ratlos, doch gleich darauf spießte er die Hacke in die Erde und rannte wie ein Wahnsinniger durch die Gäßchen des Dorfs mit hocherhobenen, fuchtelnden Armen und wie ein Besessener schreiend: »Es wird regnen! Nini hat's gesagt! Es wird regnen!«

Und die Männer unterbrachen ihre Arbeit und lächelten in sich hinein, und die Frauen traten an die Fenster und murmelten: »Möge sein Mund ein Engel sein«, und die Kinder und die Hunde rannten von der Freude angesteckt hinter Pruden drein, und alle kreischten aus vollem Halse: »Es wird regnen! Morgen wird's regnen! Nini hat's gesagt!«

In der Taverne floß an jenem Abend der Wein reichlich. Die Männer waren überglücklich, und sogar Mamés, der Stumme, ließ es sich nicht nehmen, sein Glücksgefühl durch unablässige Fingergebärden auf seinem Mund zu bekunden. Doch die Ungeduld erlaubte den Männern aus dem Dorf nicht, seine Gebärdensprache zu übersetzen, und Mamés gestikulierte immer lebhafter, bis Antoliano zu ihm sagte: »Stummer, schrei doch nicht so, ich bin nicht taub.«

Und alle, sogar Mamés, brachen in Gelächter aus, und gleich darauf begann Virgilín »Die Tochter von Juan Simón« zu singen, und alle verstummten, weil Virgilín all sein Gefühl in den Gesang legte, und nur Pruden stieß José Luis in die Rippen und lispelte: »He du, heute singt er wie ein Engel.«

Am nächsten Tag, dem Tag der Auferstehung des Heiligen Kreuzes, ließ eine düstere schwarzblaue Riesenwolke sich auf der Donalcioschlucht nieder und wanderte allmählich gen Südosten.

Und Nini, kaum war er aufgestanden, blickte forschend dort hinüber. Schließlich wandte er sich an Onkel Rattenfänger und sagte: »Das Wasser ist da.«

Und mit dem Wasser kam auch der Wind, und bei Einbruch der Nacht heulte er unheilvoll und schlug gegen die Hügelwände. Das Toben des Sturms verstimmte den Jungen. Ihm war zumute, als strömten die Toten aus dem kleinen Friedhof, angeführt von Großmutter, der Erleuchteten, und Großvater Román, und die von Matías Celemín, dem Wilderer, erlegten Hasen und Füchse und Dachse und Vögel zu einer Herde zusammen, um gemeinsam im Dorf Rechenschaft zu fordern. Doch dieses Mal ließ der Wind lediglich die mächtige Wolke sich über dem Tal ergießen und hörte dann auf. Es war eine dichte bleigraue Wolke wie ein Maulwurfsbauch, die drei Tage und drei Nächte hindurch auf den Landstrich niederging. Und die Männer, die vor ihren Haustüren hockten, ließen sich durchnässen, während sie sich jubelnd die schwieligen Hände rieben und zum Himmel aufsahen und mit halb verschlossenen Augen sagten: »Die

Strichregen sind da. Dieses Jahr sind sie pünktlich gekommen.«

Am Morgen des vierten Tages wurde Nini von der Stille geweckt. Der Junge trat vor den Eingang der Höhle und sah, daß die Wolke vorübergeschwebt war und daß ein zaghafter Sonnenstrahl deren letzte weiße Mähne spaltete und einen leuchtenden Regenbogen von der Donalcioschlucht zum Cerro Colorado spannte. Das weiche Aroma der trunkenen Erde berührte den Jungen, und sobald er drunten die Nachtigall zwischen den Weiden singen hörte, wußte er, daß der Frühling eingekehrt war.

XII

Von Sankt Gregorio Nacianceno an wuchs der Gesang der Grillen in der Talsohle zu einem wahren Gezeter. Er war wie ein vielstimmiges und beharrliches Getöse, das den Saatfeldern, dem dünnen Rinnsal des Baches, den armseligen Lehm- und Strohhütten, den dunkelbraunen Anhöhen, die den Horizont säumten, eine Art nervöses Beben aufzwang, das in wachsenden flutartigen Wellen zur Morgen- und Abenddämmerung hin anstieg, um in den Hauptstunden des Tages oder der Nacht zu verebben. Jedenfalls erreichte der Grillengesang eine Lautstärke und eine Intensität, drang in alle Ritzen, bildete einen schrillen Hintergrund für jedes Tagewerk, und doch achteten die Männer und Frauen aus dem Dorf nicht darauf; er war etwas wie die Luft oder das Brot, das einen eigenen Lebensrhythmus besaß, ohne daß sie dessen bewußt wurden. Nur Columba, die vom Justito, sagte von Zeit zu Zeit schluchzend zu ihrem Mann, die Hände auf der Brust verkrampft: »Diese Grillen, Justo. Diese Grillen rauben mir den Atem.«

Im übrigen bedeutete der Einbruch der Grillen für das Dorf den Beginn eines langen hoffnungsvollen Wartens. Die gepflügten und gejäteten Saatfelder grünten in der Ferne wie ein festes Versprechen, und die Männer blickten beharrlich zum Himmel auf, denn vom Himmel sanken das Wasser und der Durst, der Frost und die Parasiten, und schließlich war zu diesem Zeitpunkt nur vom Himmel das Körneransetzen des Getreides und das Gelingen der Ernte zu erwarten.

Beim Einbruch der Grillen pflegte Columba, die vom

Justito, Nini Bescheid zu sagen, daß er die Henne einsperre und die Küken dem beschnittenen jungen Hahn überlasse. Für gewöhnlich bezahlte sie ihm diese Dienstleistung nicht, denn Columba zufolge diente Geld in den Taschen der jungen Burschen nur dazu, sie zu verderben; daher beschränkte sie sich darauf, ihm ein Schokoladenplätzchen und ein Stück Brot zur Vesper zu geben, anschließend plauderte sie mit ihm in gebührendem Abstand am Brunnenrand, und sobald der Junge sich auf den Heimweg machte, befiel sie ein Gefühl der Unruhe wie ein schlecht bestimmbarer Juckreiz, der über ihren ganzen Körper lief. Freilich geschah ihr das jedesmal, wenn sie sich einem ihrer nächsten Nachbarn näherte, weshalb Columba zu guter Letzt mit niemandem in nähere Beziehung trat. In Wahrheit trauerte Columba ihrer in einem Vorort der Stadt verbrachten Kindheit nach, so daß sie sich nicht mit der Stille im Dorf abfinden konnte, nicht mit dem Staub im Dorf, nicht mit dem Schmutz im Dorf, auch nicht mit der Primitivität des Dorfes. Columba brauchte zumindest fließendes Wasser, asphaltierte Straßen, ein Kino und ein bescheidenes Tanzlokal, um die Zeit totzuschlagen. Ihrem Mann, dem Justito, lag sie in den Ohren. Sie sagte zu ihm: »Justo, sowie ich aus dem Bett aufstehe und einen Blick in die öde Welt werfe, würde ich am liebsten davonlaufen.«

Justito wurde unmutig: »Und wohin sollen wir gehen, wo es uns bessergeht?«

Columbas Augen wurden weiß: »Teufel noch mal! Irgendwohin. Ist nicht Quinciano auch abgehauen?«

»Feines Beispiel, der Quinciano, als Tagelöhner ist er nach Bilbao, um dort Hungers zu sterben.«

»Besser ein Hungertod in Bilbao als ein voller Magen in dieser Wüste, daß du's nur weißt.«

Für Columba war das Dorf eine Wüste, und die Ankunft des Wiedehopfs, der Schwalben und der Mauersegler vermochte an ihrem Standpunkt nichts zu ändern. Auch das Kommen der Wachteln änderte daran nichts, weder die Blauelstern, die Bienenfresser, und auch nicht die in zweitausend Meter Höhe zahlreich in Schwärmen fliegenden Ringeltauben. Auch das besessene Knarren des Ziegenmelkers konnte daran nichts ändern, nicht das eintönig eindringliche Konzert der Grillen auf den Saatfeldern noch das trockene Bellen der Schnee-Eule.

Auch mit Nini vertrug Columba sich nicht. Er kam ihr vor wie ein weiteres Erzeugnis dieser elendigen Erde, und jedesmal, wenn sie ihm begegnete, sah sie ihn geringschätzig und mißtrauisch an. Daher hatte Columba nur in äußersten Notfällen auf Nini zurückgegriffen, wie um den Bienenstock zu zeideln, das Schwein zu kastrieren oder die Henne einzusperren und die Kükenschar dem beschnittenen jungen Hahn zuzuweisen. Aber Justito klagte sie ihre Einsamkeit und ihre Verlassenheit: »Und der Longinos, sag? Ist der Longinos nicht auch weggegangen? Und gab es etwa einen ärmeren Teufel als ihn hier in der Gegend?«

»Das ist ein anderes Lied. Longinos ging zu seiner Schwester nach León. Den erwartete ein gedeckter Tisch.«

»Das sagst du so. Alle haben ihre Gründe, nur wir nicht.«

Trotzdem sah Justito, der Bürgermeister, jedesmal, wenn Fito Solórzano, der Chef, ihn wegen der Frage der Höhlen ansprach, einen Lichtschimmer am Horizont.

»Wenn der Chef mir hilft...« sagte er. »Aber vorher muß ich mit den Höhlen aufräumen.«

Columba erregte sich: »Wenn's nach mir ginge, ich würde nicht lange überlegen.«

»Du, du ... Du regelst alles mit deinem Mundwerk. Was würdest du denn an meiner Stelle tun, sag?«

»Ich würde eine Sprengpatrone hinlegen und sie anstecken. Du würdest sehen, wie geschwind der Rattenfänger sich davonmachte.«

»Und wenn er sich nicht davonmacht?«

»Dann ist auch nichts verloren, verstehst du.«

Justito, der Bürgermeister, war indessen zwei Tage vorher auf dem Dorfplatz auf Señora Clo, die vom Tabakladen, gestoßen, und diese hatte ihn beiseite gerufen.

»Justito«, sagte sie zu ihm, »stimmt es, daß Ihr den Rattenfänger aus seiner Höhle scheuchen wollt? Was stellt er denn dort Böses an?«

»Schauen Sie, Señora Clo. Eines Tages stürzt sie ein, und dann haben wir im Dorf die Bescherung.«

Sie sagte: »Das läßt sich regeln, das ist rasch geregelt.«

Das Mal auf Justitos, des Bürgermeisters, Stirn rötete sich sichtlich.

»In Wirklichkeit geht es nicht darum, Señora Clo. In Wirklichkeit geht es um die Touristen, verstehen Sie? Bald kommen die Touristen und erzählen draußen, daß wir Spanier in Höhlen hausen, wie finden Sie das?«

»Die Touristen, die Touristen ... Lassen Sie die doch reden. Führen die nicht ihre nackten Beine spazieren, und niemand sagt einen Ton?«

Doch als wäre dies nicht genug, hielt José Luis, der Gerichtsvollzieher, ihm die Unmöglichkeit vor Augen, die Höhle des Rattenfängers in die Luft fliegen zu lassen. José Luis gelangte nach einer langen Auseinandersetzung mit dem Richter von Torrecillórigo zu dem

Schluß, daß der Rattenfänger, ohne eine Pesete entrichtet zu haben, Besitzer seiner Höhle war.

»Besitzer?« sagte Justito verblüfft. »Darf man erfahren, wem er zwei Reales für sie bezahlt hat?«

José Luis nahm eine selbstzufriedene Haltung an.

»Geld!« sagte er. »Für das Gesetz gilt nicht nur das Geld, Justo, strapazieren wir es nicht! Auch die Zeit zählt.«

»Die Zeit?«

»Schau. Bedenke, du besitzt eine Sache eine Zeitlang, und eines Tages, nur mit dem Ablauf der Zeit, bist du für immer ihr Besitzer. So läuft so was ab.«

Justito runzelte die Brauen, und sein Mal pochte wie ein Lebewesen.

»Auch wenn du sie gestohlen hast?«

»Auch wenn du sie gestohlen hast.«

»Dann sitzen wir also in der Tinte«, sagte Justito untröstlich.

Seit der Streitsache mit der Höhle begann Columba Nini hinterlistig anzuschauen wie ihren unmittelbarsten, erbittertsten Feind. Dennoch schien Nini, der Kleine, das nicht zu merken, so daß ihm nie der Gedanke durch den Kopf schoß, er müsse eines Tages einen so gefahrvollen Entschluß fassen wie den, in Justitos Brunnen einen Kanister Benzin zu schütten. Trotzdem ergaben sich die Dinge wie von selbst, und als um Sankt Bernardino de Sena die Columba den Nini holen ließ, damit er wie jedes Jahr die Henne einsperrte, kam der Junge nichtsahnend, rupfte die Brust des beschnittenen Hähnchens, brachte ihm einen Büschel Brennesseln und setzte ihn gleich darauf in die Kiste auf die unruhigen Küken, damit er sich beruhigte. Währenddessen schaute die Henne seinem Tun zwischen den Stäben des Käfigs blöd zu, als ginge sie das

Ganze überhaupt nichts an. Doch sobald der Junge seine Arbeit beendet hatte, blickte Columba, statt ihm ein Stück Brot und ein Schokoladeplätzchen zu geben, ihn mit dem gleichen blöden Gesichtsausdruck an wie die Henne. Columba sagte bisweilen, Nini zeige einen kalten Gesichtsausdruck vom Tag der Jungfrau im Juli bis zu Himmelfahrt im August, wenn die Hundstage am heißesten glühen. Malvino erklärte, das sei so bei all denen, die viel nachdenken, denn wenn das Gehirn arbeitet, wird der Kopf heiß, und das Gesicht wird kalt, da die Kalorien des Körpers festliegen, und wenn du sie an eine Stelle schiebst, mußt du sie von einer anderen wegnehmen. Wenn Großstummel anwesend war, pflichtete er dem Tavernenwirt bei und erinnerte daran, daß Don Eustacio vom Stein, der ein Weiser war, auch ein kaltes Gesicht zur Schau gestellt habe, wenn er seinem Vater die Wirbelsäule befühlt hatte. Doch Nini brachte angesichts der unbeweglichen Miene Columbas nur hervor: »Gut, es ist fertig.«

Nun schien sie zu erwachen, legte dem Jungen die Hand auf die Schulter und sagte: »Nini, warum verlaßt ihr nicht endlich eure Höhle?«

»Nein«, sagte der Junge finster.

»Verlaßt ihr sie nicht, oder darf man es nicht erfahren?«

»Beides.«

»Beides, beides!« schleuderte Columba ihm ins Gesicht, und ihre aufbrausende Stimme wurde immer lauter.

»Eines Tages wird das Rheuma dir die Knochen zernagen, weil du unter der Erde wohnst, und dann wirst du weder den Mund aufmachen noch einen Fuß mehr rühren können.«

Nini ließ sich nicht aus der Fassung bringen.

»Schauen Sie doch die Kaninchen an«, sagte er seelenruhig.

Columba verlor nun die Beherrschung und verabreichte dem Jungen zwei saftige Ohrfeigen. Dann, als wäre sie die Beleidigte, hob sie beide Hände an die Wangen und brach in jähes, krampfhaftes Schluchzen aus.

Am selben Abend stahl Nini einen Kanister Benzin aus dem Schuppen des Mächtigen und schüttete seinen Inhalt in Justitos Brunnen. Am Morgen trank Columba wie gewohnt ein Glas Wasser auf leeren Magen und schnalzte gleich darauf mit der Zunge.

»Dieses Wasser schmeckt nach etwas«, sagte sie.

»Da sei Gott vor«, sagte Justito geduldig.

»Ich sage dir, daß es so einen Geschmack hat«, beharrte Columba.

Als Justito die Nase dem Bottich näherte, fing er sichtlich an zu zittern: »Weißt du, daß du recht hast? Das Wasser riecht nach Benzin.«

Er zündete ein Streichholz an, und die Flüssigkeit unten im Brunnen loderte wild auf, und Justito begann sich mit den Fäusten auf die Brust zu hämmern und schallend herauszulachen. Er schien ein anderer geworden, als er sich aufs Fahrrad schwang und Columba mit aufgeregten Gebärden zurief: »Kein Wort darüber, hörst du? Hier unten liegt Petroleum. Ich gehe dem Chef Bescheid sagen. Das ist viel wichtiger als die Höhlen. Doch bevor der Chef nicht dagewesen ist, kein Wort zu niemand, hörst du?

Am Nachmittag kam der Chef im kleinen Wagen.

Die Sonne hatte sich noch nicht versteckt, doch zu dieser Stunde hörte man schon das schrille Pfeifen der Triele auf der Berghalde des Merinohügels, und die Grillen sandten ihren betäubenden Gesang aus der Niederung herüber.

Justito machte mit zitternden Händen eine Vorführung, und als der Chef den Inhalt des Bottichs brennen sah, fühlte er einen lähmenden Kälteschauer über den Rücken rieseln, der ihm widersinnigerweise den Schweiß in Strömen über den kahlen Schädel trieb.

»Gut, gut...« sagte er schließlich mit einem nervösen Verschwörerzwinkern. »Das muß ein Techniker untersuchen. Das könnte ein Fund sein. Nicht einmal ich könnte die Folgen absehen. Morgen komme ich wieder. Bis dahin aber größte Verschwiegenheit.«

Schon bei Einbruch der Nacht pflanzte sich das gesamte Dorf vor Justitos Haus auf. Rosalino, der Werkführer, ergriff das Wort und sagte, es sei ihm zu Ohren gekommen, daß der Gouverneur inkognito hier gewesen sei und daß Antoliano und Kleinstummel seinen Wagen gesehen hätten und daß etwas Bedeutsames im Dorf vorgehen müsse und daß Justo als Bürgermeister verpflichtet sei, seine Mitbürger aufzuklären.

Nach seiner Rede zog der Klagelaut der Grillen wie ein erstickendes, betäubendes Aroma die Hügelhänge hinunter und überflutete alles, und Justo, der Bürgermeister, zögerte und sagte schließlich: »Nichts, es ist nichts los, das kann ich Ihnen versichern.«

Aber Señora Librada, Sabinas Mutter, die vom Pruden, kreischte mit ihrem Stentorstimmchen: »Los, Justo, laß dich nicht so lange bitten.«

Und Dominica, die vom Antoliano, sagte: »Das ist sehr häßlich von dir, Justo.«

Justo wandte sich ihr zu: »Wieso häßlich, Dominica?«

Und Dominica sagte: »Sich so lange bitten zu lassen.«

Nun hob Justito die Hände in einer versöhnlichen Gebärde und sagte: »Schon gut.«

Und trat mit gespielter Bedachtsamkeit zum Brunnen, zog einen Schöpfeimer mit Wasser heraus und steckte ihn in Brand. Die Flammen loderten zum verdunkelten Himmel empor, und Justito sagte im tiefsten bürgermeisterlichen Brustton der Überzeugung: »Freunde! Von der Donalcioschlucht bis zum Bergkegel von Torrecillórigo ruht hier ein Meer von Petroleum. So hat der Chef es ausgedrückt. Morgen werden wir reich sein. Fürs erste bitte ich euch um eines: um Ruhe und Verschwiegenheit.«

Begeisterter Jubel folgte auf seine Worte. Männer und Frauen umarmten sich inbrünstig, warfen ihre schmutzigen Baskenmützen in die Luft, und Pruden zog seine fadenscheinige Kordsamtjacke aus und sprang wie wahnsinnig auf ihr herum. Dann und wann trat er zur Seite und sagte: »Tritt darauf, Dominica. Drunten liegt unser Glück. Wir müssen es schützen.«

Und Mamés, der Stumme, trat sabbernd auf den Bürgermeister zu, als wolle er eine Rede halten, sagte aber nur: »Je«, und aus seinem Mundwinkel rann gelblicher Schaum. Und wieder sagte er plötzlich: »Je.« Jetzt schrie Sabina wie von Sinnen: »Der Stumme hat gesprochen! Der Stumme hat gesprochen!«

Und Señora Librada, schwarz und verrunzelt wie eine Sultanine, sagte: »Ein Wunder ist geschehen. Der Stumme hat gesprochen.«

Und Virgilio, auf Malvinos Schultern sitzend, kreischte: »Frutos, die Raketen!«

Frutos, der Schöffe, kehrte im Handumdrehen vom Gemeindehaus zurück, und die Raketen zerrissen das dunkle Himmelszelt mit ihrem weithin leuchtenden Stern und platzten in der Höhe mit kurzem Knall wie eine Fehlzündung. Señora Clo ging stolpernd auf Sabina zu, indem sie sich durch das Menschengewühl drängte, doch als sie Virgilio auf Malvinos Schultern entdeckte, schrie sie ihm zu: »Runter mit dir, Virgilio, du wirst fallen.«

Dann fragte sie Sabina: »Sabina, ist es wahr, daß der Stumme gesprochen hat?«, und Sabina sagte: »Er hat ›Olé‹ gesagt, alle haben es gehört.«

Doña Resu hinter ihr bekreuzigte sich. Nur Guadalupe und seine Männer schienen sich von diesem Aufruhr abseits zu halten, gesenkten Kopfes standen sie im Kreis. Der Vorarbeiter bahnte sich schließlich mit den Ellbogen einen Weg und pflanzte sich vor Justito auf. Er sagte dunkel: »Und wir, Justo? Was bekommen wir von alldem?«

Der Bürgermeister strahlte. Er sagte zu ihm: »Ihr kriegt euren Teil, versteht sich. Hier liegt Petroleum für alle. Ihr werdet eure Frauen und eure Kinder rüberbringen und bei uns wohnen.«

Niemand im Dorf tat in dieser Nacht ein Auge zu, und kaum traf am Morgen der Herr Gouverneur mit zwei ernsten und rätselhaften Männern im großen Wagen ein, wurde er von der aufgeregten, noch schläfrigen Menge umringt. Doch als Justito ein Streichholz anriß und es an den Schöpfeimer hielt und das Streichholz erlosch, ließ sich ringsum enttäuschtes Gemurmel vernehmen. Justito war erbleicht, doch noch dreimal unternahm er seinen Versuch, mit dem gleichen Ergebnis, bis schließlich der Herr Gouverneur ihn aufforderte, mit dem Eimer und den beiden ernsten und rätselhaften Herren ins Haus zu treten. Als sie wieder herauskamen, umringte die Menge ihn erwartungsvoll, und der Herr Gouverneur, der Justito von hinten tretend vorwärtsstubste, erklomm schwerfällig den Brunnenrand und sagte mit schwülstiger Stimme: »Bauersleute: Ihr seid Opfer eines grausamen Scherzes geworden. Hier gibt es kein Petroleum. Doch laßt euch deshalb nicht entmutigen. Ihr besitzt Petroleum in den Schoten eures Tagewerks und in euren Pflugscharen. Arbeitet weiter, und ihr werdet mit eurer Anstrengung euren Lebensstandard verbessern und zur Größe Spaniens beitragen. Hoch lebe die Feldarbeit!«

Niemand klatschte Beifall. Als der Herr Gouverneur vom Brunnenrand stieg, wischte er sich mit seinem schneeweißen Taschentuch nervös über den glänzenden Kahlkopf, gab Justito einen freundschaftlichen Klaps und murmelte: »Tut mir leid.«

Dann hob er die Stimme und sagte: »Es tut mir wirklich leid.«

Dann wandte er sich an die beiden ernsten und rätselhaften Herren und deutete auf das Automobil: »Wann immer Sie möchten.«

Ein livrierter Chauffeur öffnete den Wagenschlag, und der schwere Wagen verschwand auf der Landstraße hinter einer Staubwolke.

XIII

Als die Schattenlinie sank, öffnete Onkel Rattenfänger, betört vom Funkeln der aufgehenden Sonne, die Lider um einen Spalt. Im Höhleninnern wirkte er im Gegenlicht rundlicher und stämmiger, als er war, und seine Reglosigkeit und die bis zu den Ohren heruntergezogene Baskenmütze verliehen ihm das Aussehen eines Standbilds. Seine Arme hingen am Körper herunter, und die Hände mit den wie mit dem Fallbeil abgehackten gleich langen Fingern reichten ihm leicht bis zu den Knien. Nach einigen Sekunden schlug der Mann die Augen auf und heftete den Blick auf die von Klatschmohn glühenden weiten Weizenfelder. Der immer wiederkehrende Gesang der Grillen besaß jetzt einen belebenden Rhythmus wie eine zum ersten Mal entfaltete Tatkraft. Rattenfängers Augen hoben sich nach und nach den fernen grauen Hügeln entgegen, die in der Sonne Barken mit nackten Kielen glichen und schließlich auf den kahlen Hängen abwärtsglitten, bis sie vor dem Holzbrückchen haltmachten, das die Höhle mit dem Dorf verband: »Wir müssen hinunter«, sagte er jetzt mit fast unhörbarem Brummen.

Nini trat auf ihn zu, gefolgt von den Hunden, und blieb neben ihm stehen. Seine Augen waren noch schläfrig, aber der große Zeh seines rechten Fußes streichelte das Fell der einäugigen Hündin mechanisch gegen den Strich, und Fa verharrte unbeweglich, zufrieden, während Loy, der junge Hund, ausgelassen um sie herum spielte.

»Dann wird es schlimmer«, sagte der Junge. »Wir

werden die neuen Nester zerstören und nichts erreichen.«

Der Mann schneuzte sich, ein Nasenloch nach dem andern, und fuhr sich dann mit dem Handrücken über das Nasenbein. Er sagte: »Etwas müssen wir essen.«

Seit es weniger Ratten zu jagen gab, war Onkel Rattenfänger zunehmend einsilbiger geworden. Die bis zu den Ohren heruntergezogene schmutzige Baskenmütze betonte die Rundung des Schädels, und der Junge fragte sich immer wieder, was darunter ausgebrütet würde. In den Jahren zuvor hatte der Rattenfänger nach dem Festtag der heiligen Elena und dem heiligen Casto bereits die nötigen Ersparnisse angesammelt, um den Sommer zu überstehen, doch die vergangene Saison war schlecht gewesen, und jetzt, da die Schonzeit gekommen war, stand der Hunger ihnen wie ein schwarzes Gespenst bevor.

»Um Sankt Vito kommt die Krebssaison. Vielleicht wird es ein gutes Jahr«, beharrte der Junge.

Onkel Rattenfänger seufzte tief und sagte kein Wort. Sein Blick hatte sich von neuem gehoben und blieb auf den kahlen grauen Berghängen haften, die den Horizont verschlossen. Nini fügte hinzu: »Im Sommer werden wir auf den Berg steigen und die Steineichen entrinden. Marcelino, der von den Gerbern, zahlt gut dafür. Warten wir lieber ab!«

Rattenfänger antwortete nicht. Er pfiff leise, und Loy, der junge Hund, kam auf seinen Pfiff angewedelt. Nun kniete Rattenfänger nieder und sagte lächelnd: »Der da sieht gut« und begann ihn zu tätscheln, und Loy knurrte mit gespieltem Zorn und tat, als wolle er in seine rauhen Hände beißen. Die Tage der Untätigkeit waren lang, und für gewöhnlich füllte Rattenfänger sie damit, die Höhle ansehnlich zu machen oder den Hund für das Flußwasser abzurichten oder beim Sinken der Sonne auf Antolianos Steinbank oder in Malvinos Taverne einsilbig daherzureden. An manchen Abenden gingen alle vor dem Schlafengehen in den Stall, um Kleinstummel beim Melken zuzusehen. Und dann sagten sie zu ihm: »Heut bist du aber wortkarg, Kleiner.«

Und wenn Kleinstummel seine Arbeit beendet hatte, sagten sie zueinander: »Es hat wenig Milch gegeben, hast's bemerkt!«

Und am nächsten Tag sagten sie zu ihm: »Sprich doch mit deiner Kuh, während du melkst, Kleiner.«

Und so fing Kleinstummel an, honigsüß zu sprechen, und gewann auf diese Weise einen Eimer mehr Milch, und sie stießen einander in die Rippen und sagten sich mit beipflichtenden Gebärden: »Was sagst du nun? Drollig, wie?«

Manchmal, während sie im Stall oder auf Antolianos Werkstattschwelle träge rauchten, kamen sie im Lauf der Unterhaltung auf den Rattenfänger von Torrecillórigo zu sprechen, und Antoliano sagte: »Knack ihm die Birne, Rattenfänger. Wozu hast du deine Hände?«

Dann erzitterte Onkel Rattenfänger leicht und stammelte: »Laß mich ihn erst mal zu Gesicht bekommen.«

Und Rosalino sagte: »Mit so was solltet ihr mal dem Sohn meiner Mutter kommen.«

Und wenn die Männerrunde in Malvinos Taverne zusammenkam, trat dieser auf den Rattenfänger zu und sagte zu ihm: »Rattenfänger, wenn ein Armer im Haus eines Reichen auftaucht, dann weiß man schon, er ist ein Dieb.«

»Ein Dieb«, stimmte der Rattenfänger zu.

»Aber wenn ein Reicher im Haus eines Armen auftaucht, was ist er dann?«

»Was ist er dann?« wiederholte Onkel Rattenfänger einfältig.

»Eine Ratte!«

Rattenfänger schüttelte nachdrücklich den Kopf.

»Nein«, sagte er schließlich. »Die Ratten sind gut.«

Malvino warf trotzig ein: »Und ich sage, Rattenfänger: Kann man denn etwa nur Geld stehlen?«

Onkel Rattenfängers Augen trübten sich zusehends.

»Genau das«, sagte er.

Um Santa Elena und Sankt Casto herum waren für niemand mehr Ratten übrig, und das Abschlußfest der Jagdsaison geriet farblos und trostlos. Rattenfänger zog aus seiner Jagdtasche eine nach der anderen, insgesamt fünf Stück.

»Mehr war nicht zu holen«, sagte er am Ende.

Pruden lachte mißvergnügt heraus: »Für diese Reise hättest du keine Jagdtasche gebraucht.«

Rattenfänger warf einen düsteren Blick in die Runde und wiederholte: »Es gibt keine Ratten mehr. Der stiehlt sie mir weg.«

Malvino trat dicht an ihn heran und sagte zornig: »Noch kannst du dankbar sein, denn ums Jahr wirst du keine einzige fangen, um es uns erzählen zu können.«

Onkel Rattenfängers Unterarmmuskeln schwollen an, als er die Finger verhakte und mit plötzlich heiserer Stimme sagte: »Wenn ich den zu fassen kriege, bring' ich ihn um.«

In solchen Fällen suchte Nini seinen Zorn zu besänftigen: »Wenn es keine Ratten gibt, wird es Krebse geben, mach dir nichts draus.«

Rattenfänger antwortete nicht, und bei Einbruch der Nacht stieg der Mann in seine Höhle hinauf und zündete die Lampe an und hockte sich schweigsam in den Höhleneingang. Die Grillen schrien sich unten auf den

Saatfeldern heiser, und die Stechmücken und Nachtfalter kreisten über der Flamme. Dann und wann fegte über ihren Köpfen ein Windstoß hinweg wie das Knarren trockenen Holzes. Der Junge hob die Augen, und die Hunde knurrten.

»Der Ziegenmelker«, sagte Nini als Erklärung.

Doch Rattenfänger hörte nicht hin. Am nächsten Tag mühte sich Nini wie jeden Morgen, eine Lösung zu finden. Im Morgengrauen verließ er die Höhle und verbrachte den Tag beim Jagen von Eidechsen, er pflückte Kamille oder schnitt Sonnenwolfsmilch für die Kaninchen. An einigen Tagen erklomm er sogar die Kämme der rauhesten Hänge, um Waldmandeln zu pflücken. Doch all das zusammen brachte wenig ein. Die Eidechsen, wiewohl von zartem, schmackhaftem Fleisch, reichten kaum für eine Mahlzeit; die Waldmandeln nahm Don Cristino, der Apotheker von Torrecillórigo, ihm zu drei Peseten das Kilo ab, und was die Sonnenwolfsmilch betraf, so kauften Señora Clo, Pruden und Antoliano diese ihm für einen Real den Armvoll ab, nur um ihm einen Gefallen zu tun. Gelegentlich versuchte Nini seine Kundschaft zu vergrößern, aber die Dorfleute erwiesen sich als allzu knauserig: »Einen Real für einen Armvoll? Aber Junge, die Wolfsmilch liegt ja haufenweise im Straßengraben!«

Eines Nachmittags, am Vorabend von Sankt Restituto, traf Nini wieder einmal den jungen Mann aus Torrecillórigo am Flüßchen. Der Junge versuchte ihn zu vertreiben, doch der junge Mann trat lächelnd auf ihn zu, während er sich mit dem Rücken des Eisenstachels die flache Hand klopfte. Fa beschnüffelte den Schwanz des Hundes im Schilfrohr. Der junge Mann sagte: »Wie heißt du, Bürschchen?«

»Nini.«

»Nur Nini?«

»Nini, und du?«

»Luis.«

»Luis? Das ist aber ein seltener Name!«

»Kommt dir Luis wie ein seltener Name vor?«

»In meinem Dorf gibt es niemand, der so heißt.«

Der junge Mann platzte heraus vor Lachen, und seine schneeweißen Zähne blitzten in dem dunkelhäutigen Gesicht: »Und sind nicht die deines Dorfes in Wirklichkeit selten?«

Nini zog die Schultern hoch und setzte sich auf die Böschung. Der junge Mann näherte sich dem Rinnsal, wo der Hund durchs Gestrüpp strich, und sagte mechanisch: »Los, los.«

Dann kehrte er zu dem Jungen zurück und setzte sich neben ihn, zog seinen Tabaksbeutel und das Zigarettenpapier hervor und drehte sich eine Zigarette. Als er sie mit seinem Luntenfeuerzeug anzündete, sah er ihn an, und in der Sonne riffelten sich seine Augen wie die einer Katze. Nini sagte zu ihm: »Du solltest nicht mehr jagen.«

»Und warum nicht?«

»Wenn du die Löcher zerstörst, wirst du die Ratten vernichten.«

Der junge Mann zückte seinen Eisenstachel und balancierte ihn einige Sekunden lang auf seinem Zeigefinger, ohne daß er herunterfiel. Dann zog er jählings die Hand zurück und fing ihn in der Luft auf wie jemand, der eine Mücke fängt. Er lachte los: »Und wenn es so wäre, Bürschchen, wer wird ihnen nachweinen?«

Die Sonne sank hinter den Hügelkuppen, und die Grillen zirpten ringsum ohrenbetäubend los. Hin und wieder vernahm man im nahe gelegenen Binsengebüsch den Ruf der Wachtel in der Brunst.

»Jagst du nicht gern?« wollte Nini wissen.

»Schau, es ist eine Art, die Zeit totzuschlagen. Ich gehe aber auch gern mit einem Mädel aufs Feld.«

Als die Sonne unterging, kehrte Nini von seinem Streifzug zurück und gesellte sich zu Rattenfänger auf Antolianos Steinbank oder in den Ställen des Mächtigen, oder in Malvinos Taverne. Jedenfalls veränderte sich Rattenfängers Verhalten nie: stumm, scheuen Blicks, die Unterarme auf den Schenkeln regungslos ruhend, wie lauernd. Wenn die Männerrunde zufällig in den Ställen zusammenkam, beobachtete Rattenfänger, an eine Krippe gelehnt, Kleinstummel, und wenn dieser seine Melkarbeit einstellte, nickte er zustimmend und murmelte: »Ist das drollig.«

Und sein Nachbar, gleich ob Pruden, Virgilio, Großstummel oder Antoliano, stieß ihn mit dem Ellbogen an und sagte: »Was meinst du, Rattenfänger?«

Und der wiederholte: »Ist das drollig.«

Um Santa Petronilla und Santa Angela de Merici rief das Elfte Gebot Onkel Rattenfänger wieder zu sich: »Hast du dir's überlegt, Rattenfänger?« fragte sie, als sie ihn erblickte.

»Der Nini gehört mir«, sagte Rattenfänger finster.

»Hör zu«, fügte das Elfte Gebot hinzu. »Ich will dir nicht den Nini wegnehmen, sondern einen Mann aus ihm machen. Doña Resu will nur, daß der Junge sich eine Zukunft zimmert. Auf diese Weise wird er eines Tages ›Don‹ heißen und viel Geld verdienen und sich ein Automobil kaufen und wird dich durch das ganze Dorf spazierenfahren können. Würde dir das nicht gefallen, Rattenfänger, im Automobil durch das ganze Dorf zu fahren?«

»Nein«, sagte Onkel Rattenfänger trocken.

»Schon gut. Aber es würde dir doch gefallen, eines

Tages die Höhle zu verlassen und ein eigenes Haus zu bauen mit Balkon und Speisekammer über der Donalcioschlucht, das wär' doch was Feines, oder nicht?«

»Nein«, sagte Rattenfänger. »Die Höhle gehört mir.«

Doña Resu hob beide Hände zum Kopf und hielt ihn fest, als fürchte sie, er könnte in die Luft fliegen.

»Schon gut«, wiederholte sie. »Offensichtlich ist das einzige, was dich belustigt, Rattenfänger, daß Doña Resu fuchsteufelswild wird. Aber vorher mußt du noch wissen, daß der Nini mit etwas gutem Willen viel lernen könnte, ebensoviel wie ein Ingenieur. Ist dir das klar?«

Rattenfänger kratzte sich heftig unter seiner Baskenmütze am Kopf.

»Und diese wissen viel?« fragte er.

»Und wie! Ein Ingenieur löst jedes Problem, das man ihm stellt, in fünf Minuten.«

Rattenfänger hörte mit Kratzen auf und hob jählings den Kopf: »Und die Kiefern?« sagte er mit einemmal.

»Die Kiefern? Schau, Rattenfänger, kein noch so intelligenter Mensch vermag das Geringste gegen den Willen des Herrn. Der Herr hat verfügt, daß Kastiliens Berghänge kahl sein sollen, und dagegen vermögen alle Anstrengungen der Menschen nichts. Ist dir das klar?«

Rattenfänger nickte zustimmend: Doña Resu schien neuen Mut zu fassen. Sie senkte den Tonfall ihrer Stimme und sprach weiter: »Dein Kleiner ist intelligent, Rattenfänger, aber er ist wie ein Feld, das man nicht bestellt. Der Kleine könnte die Schule in Torrecillórigo besuchen, und eines Tages würden wir ihn dazu bringen, daß er einen Beruf erlernt. Rattenfänger, du brauchst mir nur ja oder nein zu sagen. Wenn du ja sagst, nehme ich den Jungen zu mir ...«

»Der Nini gehört mir«, sagte Rattenfänger bockig. Doña Resus Stimme klang verstimmt: »Schon gut, Rattenfänger, behalte ihn. Ich möchte nur nicht, daß du das morgen bereust.«

Als der Abend sank, als im Dorf die ersten Lichter angingen und die Mauersegler aufgeregt kreischend sich auf die Dachtraufen des Glockenturms zurückzogen, fand Doña Resu sich im Gemeindehaus ein.

»Diese Leute«, sagte sie zu Justito mißgelaunt, »würden jemanden umbringen, um ihre Lage zu verbessern, aber wenn du ihnen eine Gelegenheit kostenlos bietest, würden sie dich umbringen, damit man sie nicht zwingt, sie anzunehmen, ist dir das klar, Justo?«

Justito, der Bürgermeister, klopfte sich mit einem Finger dreimal gegen die Stirn und sagte: »Dem Rattenfänger fehlt hier oben eine Schraube. Wenn er keinen Unsinn quatscht, so weil man es ihm nicht beigebracht hat.«

José Luis schaltete sich ein: »Und warum nehmen wir nicht einen Test mit ihm vor?«

»Einen Test?« sagte Doña Resu.

»Schau her. Diese Dinge, die man so fragt. Wenn ein Arzt sagt, in seinem Schädel ist eine Schraube locker oder er ist zurückgeblieben, sperrt man ihn ein, und damit Schluß.«

Justitos Gesicht erhellte sich.

»Wie mit dem Fußgänger?« fragte er.

»Genauso.«

Als vor zwei Monaten Agapito, der Fußgänger, eines Sonntags auf der Rückfahrt aus Torrecillórigo mit dem Fahrrad einen Jungen überfuhr, unterzog man ihn in der Hauptstadt einem Verhör, um seine Verantwortlichkeit festzulegen, und die Herren Doktoren gelangten zu dem Schluß, daß die Intelligenz des Fußgängers der eines achtjährigen Kindes entsprach. Dem Agapito bereitete die Prüfung großen Spaß, und seither wurde er etwas redseliger, und auf Schritt und Tritt verwendete er die Fragen in der Kneipe als Rätsel.

»Soll ich mit dir einen Test machen?« fragte er. Bei anderen Gelegenheiten prahlte er mit seinem Auftreten bei der Gerichtsverhandlung und sagte: »Und der Doktor sagte zu mir: ›Wenn bei einem Eisenbahnunglück der letzte Wagen die meisten Toten und Verwundeten aufweist, was fällt Ihnen dazu ein, wie dergleichen verhütet werden könnte?‹ Und ich sagte zu ihm: ›Wenn es nichts weiter als das ist, Herr Doktor, das einfachste ist: ihn abzuhängen.‹ Die Leute aus der Hauptstadt meinen, daß wir Dorfleute alle blöd sind.«

»Wenn der Chef ihn ermächtigt, könnte ein Test die Lösung sein«, sagte Justito.

Doña Resu senkte die Augen und sagte: »Schließlich und endlich ist es zu seinem Besten, wenn wir diese Belastungen auf uns nehmen. Der Rattenfänger hat den Grips eines Kindes, und wir kommen nicht weiter, wenn wir ihn wie einen Erwachsenen behandeln.«

XIV

Am Sonntag nach Ostern wäre im Dorf um ein Haar ein großes Unglück geschehen. Kurz bevor das Fest begann, traf der Glockenschwengel den Antoliano im Nacken, und Mamertito, der Kleine von Pruden, rutschte mit dem ihm um die Taille vertäuten Strick vom Turm.

Glücklicherweise fing sich Antoliano rechtzeitig, trat auf den Strick, und Mamertito blieb im Leeren pendelnd hängen, wobei sein zerknittertes, himmelblaues Hemd unter den Achseln zerschliß und seine weißen Plastikflügelchen durch die Heftigkeit des Rucks splitterten.

Bestürzt sah Nini vom Platz aus dem Unfall zu, denn bis vor zwei Jahren hatte er Mamertitos Rolle gespielt, aber Matías Celemín, der Wilderer, lachte hinter seinem Rücken los, obwohl ihm am Vorabend sein Windspiel verendet war, und sagte: »Der kommt mir vor wie eine Bergtrappe mit gestutzten Flügeln, der Spitzbube.«

Doch die Sache hatte keine schlimmen Folgen, und Doña Resu, das Elfte Gebot, befahl Antoliano, er solle das Kind von neuem hochziehen, da ja die Männer aus Estremadura fehlten und das Fest daher noch nicht beginnen könne.

Der Doña Resu, dem Elften Gebot, fiel es schwer, den Forderungen von Guadalupe, dem Vorarbeiter, nachzukommen, aber die unter den Männern aus dem Dorf durch die Petroleumangelegenheit verursachte Enttäuschung war noch nicht gänzlich geschwunden, und laut den Worten von Rosalino, dem Werkführer,

»verspürten sie dieses Jahr keine Lust, den Possenreißer zu spielen«. Erst nach mühsamen Verhandlungen war es Doña Resu gelungen, sechs Apostel anzuheuern, aber Guadalupe, der Vorarbeiter, erwies sich in dieser Hinsicht als unnachgiebig: »Alle oder keinen, Doña Resu, das sollten Sie wissen. Wir Leute aus Estremadura sind nun mal so.«

Und da sie es nicht zulassen konnte, daß das Nachosterfest glanzlos verlief, erteilte Doña Resu den zwölf Männern aus Estremadura die Erlaubnis, die groben Gewänder der Apostel anzuziehen.

Über dem staubigen Dorfplatz schwebte eine klebrig strotzende Sonne, und hoch oben, wohin der Menschenlärm nicht stieg, kreisten träge drei schwarze Aasgeier. Nini, der Kleine, wußte nicht, wo diese Vögel hausten, doch der Kadaver einer Katze oder eines Lamms auf dem Stoppelfeld genügte, damit sie über das Hügelland herunterstießen. Unter ihnen stürmten die Schwärme von Mauerseglern in unwahrscheinlichen Zuckungen gegen die lichten Weiten des Glockenturms und begleiteten ihre Fluglinien mit ohrenbetäubendem Gekreisch.

Schließlich tauchten hinter der Kirchenecke die Männer aus Estremadura auf. Nini sah sie schwerfälligen Schritts näherkommen, unter ihren langen, bunten Gewändern schauten die derben Kordsamthosen und die kreidebeschmierten Stiefel hervor. Die plump übergestülpten, zerzausten Perücken fielen auf ihre Schultern herab, und dennoch wirkte die Gruppe wie echte biblische Gestalten, ein Eindruck, der vor dem Hintergrund der Lehmmauerhäuser und der rankenden Dornenhecken der Korrale nur noch zunahm.

Die Dorfbewohner machten ihnen den Weg frei, und die Männer aus Estremadura zogen gesenkten Hauptes stillschweigend zwischen ihnen hindurch, und als sie vor den Kirchenstufen anlangten, zerstreuten sie sich in der Menschenmenge und begannen in fiebriger Suche Türen aufzustoßen und Lehmmauern zu überspringen, Steine hochzuheben, bis Doña Resu, in blauem Gewand und weißem Jungfrauenschleier herausgeputzt, Antoliano ein kaum merkliches Zeichen gab und Mamertito nun ganz langsam von der Turmspitze über der Versammlung schwebend, mit noch immer zerknickten Flügeln, dafür aber salbungsvoll und jenseitig weihevoll herabsank.

Als die Jungfrau, die Apostel und die Dorfbevölkerung den Engel gewahrten, warfen sie sich bestürzt nieder, und tiefe Stille trat ein, und über dem hysterischen Kreischen der Mauersegler erhob sich Mamertitos Stimme: »Sucht ihn nicht«, sagte er. »Jesus, genannt der Nazarener, ist auferstanden.«

Mamertito schwebte noch etliche Augenblicke über den Platz hin, während die Gläubigen sich bekreuzigten und Antoliano nach und nach den Strick aufrollte. Sobald der Engel hinter einer Öffnung des Turms verschwunden war, richtete Doña Resu sich mühsam auf und sagte: »Wir preisen dich, Christus, und rühmen dich.«

Und das fromme Dorfvolk stimmte im Chor an: »Der Du durch Dein Heiliges Kreuz die Welt erlöst hast.«

Alsdann betraten alle das Gotteshaus und warfen sich auf die Knie, während oben im Chor Frutos, der Schöffe, eine Taube aus Justos Taubenschlag auffliegen ließ. Das verstörte Tier flog einige Minuten lang über die Menge, stieß dabei mehrmals gegen die Kirchenfenster und ließ sich schließlich benommen auf Simeonas rechter Schulter nieder. Nun wandte sich das Elfte Gebot von den Altarstufen aus ans Volk und verkündete der Sime in schwülstigem Tonfall: »Meine Tochter, der Heilige Geist ist auf dich herabgestiegen.«

Sime wackelte verstohlen mit der Schulter im Versuch, die Taube abzuschütteln, da jedoch ihre Bemühung nichts fruchtete, ließ sie davon ab und begann mit seltsamen Geräuschen Speichel herunterzuschlucken, als sei sie am Ersticken, und ließ sich schließlich von Doña Resu zum Fackelständer geleiten, und sobald sie dort stand, schritt das Volk an ihr vorbei, und einige küßten ihr die Hände, während andere das Knie beugten, die furchtsamsten aber zeichneten auf ihre sonnengebräunten Gesichter verstohlen einen Haken wie ein flüchtiges Kreuzeszeichen. Nach Beendigung der Huldigung schritt Sime, beschirmt von den Aposteln und angeführt von der Heiligen Jungfrau und dem Verkündigungsengel, die zu den Klängen der Flöte und der Schellentrommel das Marschtempo bestimmten, durch die Gassen des Dorfs, während die Nacht sanft über die Hügel hinabsank.

Bei Beginn der Prozession lief Nini zum Hundertjährigen, der unter seinen Fetzen nurmehr ein Knochengerippe war. »Señor Rufo«, keuchte er, »die Taube hat sich heute nachmittag auf die Sime gesetzt.«

Der Alte seufzte, hob mühsam einen Finger gegen die Zimmerdecke und sagte: »Die Aasgeier sind schon oben. Ich habe sie heute morgen gehört.«

»Ich habe sie gesehen«, sagte der Junge. »Es waren drei, und sie flogen über den Turm. Sie kommen wegen der Windhündin des Wilderers.«

Der Hundertjährige schüttelte hartnäckig den Kopf. Endlich sagte er mit großer Willensanstrengung und deutete dabei auf seine linke Schulter: »Die kommen, um sich hier niederzulassen.«

Und in der Tat, am nächsten Nachmittag, am Tag des heiligen Francisco Caracciolo, starb der Hundertjährige. Sime bettete den Leichnam auf ein Leintuch auf dem Fußboden der Diele mit dem Gesicht nach oben und nahm ihm den Fetzen vom Gesicht, so daß der Knochen im Kerzenlicht schimmerte. Ringsum versammelte sich die stillschweigende, trauernde Dorfgemeinde, und Sime sagte zu Nini, kaum daß er eingetreten war: »Da hast du ihn. Endlich kommen wir beide zur Ruhe.«

Aber Onkel Rufo schien mit seinem einzigen Auge und mit seinem leidvoll geöffneten Mund nicht auszuruhen. Auch Sime schien nicht auszuruhen, weil sie ohne Unterlaß mit erstickten Geräuschen Speichel schluckte wie am Vorabend, als der Heilige Geist sich auf ihr niedergelassen hatte. Doch jeden, der an die Leiche herantrat, berührte das gleiche, und als die riesige Schmeißfliege, nachdem sie zehn Minuten auf des Hundertjährigen Totengerippe geruht hatte, über der Trauergemeinde zu kreisen begann, vollführten alle jähe Gebärden, um sie zu verscheuchen, mit Ausnahme von Sime und dem Jungen. Und die Schmeißfliege kehrte auf den Leichnam zurück, der fraglos der leidenschaftsloseste von allen war, doch jedesmal, wenn sie ihren Flug wiederaufnahm, fächelten Männer und Frauen verstohlen die Luft, damit sie ihnen nicht näherkäme, und auf diese Weise erzeugten sie ein Zischen wie das von Ventilatorflügeln. Eine halbe Stunde später stellte sich Antoliano mit dem noch nach Harz riechenden Kiefernsarg ein, und Sime bat, man möge ihr zur Hand gehen, doch alle trödelten, bis sie zu dritt, sie, Nini und Antoliano, den Sarg zu schließen vermochten, und da Antoliano, um Holz zu sparen, genau Maß genommen hatte, lag Onkel Rufo mit dem Kopf zwischen den Schultern eingezwängt, als wäre er bucklig oder als wolle er sagen, auf dieser Welt gehe ihn nichts etwas an.

Gegen Spätnachmittag langte Don Ciro, der Stadtpfarrer, mit Mamertito an, besprengte den Leichnam mit dem Weihwedel, warf sich ihm zu Füßen nieder und sagte angstvoll: »Neige, o Herr, Dein Ohr unserem Flehen, mit dem wir Dich um Deine Barmherzigkeit bitten, damit Du die Seele Deines Knechtes Rufo, den Du zu Dir berufen hast, an den Ort des Friedens und des Lichts führest. Im Namen unseres Herrn Jesu Christi...«

»Amen«, sagte Mamertito.

In diesem Augenblick riß die Schmeißfliege sich von dem Leichnam los und flog unmittelbar auf Don Ciros Nasenspitze, doch Don Ciro schien mit gesenkten Augen, die Hände über der Soutane verschränkt, in Ekstase zu sein und achtete nicht darauf. Und seine Begleitung stieß sich mit den Ellenbogen an und murmelte: »Der Krebs wird ihm die Nase zernagen«, aber Don Ciro blieb unerschütterlich stehen, bis er ohne sichtliche Ankündigung heftig und geräuschvoll nieste und die erschrockene Schmeißfliege von neuem Zuflucht bei der Leiche suchte.

Nach Beendigung der Gebete stellte sich Señora Clo mit dem wurmstichigen Buch ein, und Sime sagte zu ihr: »Wozu das? Das gehörte doch dem Alten.«

Auf der ersten Seite las sie: »PREDIGTEN ÜBER DIE KLASSISCHSTEN MYSTERIEN DER FEIERLICHKEITEN FÜR JESUS CHRISTUS UND DIE HEILIGE JUNGFRAU. DER AUTOR IST LIZENZIAT IM HEILIGEN KIRCHENRECHT DON JOAQUÍN DE EGUILETA, PRIESTER UND HOFKAPLAN DER KIRCHE DES HEILIGEN IGNACIUS VON LOYOLA VON DIESEM HOF. BAND III. MADRID

MDCCXCVI. MIT DEN GEBÜHRENDEN GENEHMIGUNGEN.«

Sime hob die Augen und wiederholte: »Was? Das war doch sein Buch.«

»Schau«, sagte Señora Clo.

Und sie schlug das Buch in der Mitte auf, und ein gefaltetes Blatt kam zum Vorschein, das einen Fünfpesoschein enthielt. Und auf diesem ungeschickt bekritzelten Papier stand: *Erschbarnis um mir das Gebis zu kaufen.* Und auf der folgenden Seite lag wieder ein Fünfpesoschein und ein dritter auf der nächsten und so bis fünfundzwanzig. Señora Clo beleckte sich den Daumen, zählte gewandt das Geld Schein um Schein und übergab es Simeona.

»Nimm«, sagte sie. »Das soll dir gehören. Das Gebiß kann dem Alten jetzt nichts mehr nützen.«

Am nächsten Tag, Sankt Bonifacio und Sankt Doroteo, als die jungen Leute die Totenbahre hochhoben, kreisten die Glossen der Dorfbewohner um den Fund der Señora Clo, doch noch stärker als die Banknoten überraschte die Tatsache, daß der Hundertjährige zu Hause ein Buch besessen hatte. Und Malvino sagte mit sichtlichem Bedenken: »Er konnte also lesen, oder er hat es vergessen. Und wer, der ein Buch besitzt, kann es nicht, sage ich?«

Bis zur Kirche setzten die jungen Männer ihre Last dreimal ab, und jedesmal betete Don Ciro die entsprechenden Gebete und Responsorien, während Sime, die neben Nini auf ihrem Karren saß, ungeduldig wurde und Duque, der Hund, der am Karrenende mit der Schlinge eines Stricks festgebunden war, unwirsch winselte. Sobald sie an der Kirche ankamen und die Männer die Totenbahre auf den Wagen gestellt hatten, trieb Sime den Esel an, und dieser sauste inmitten der verblüfften Menge los. Sime stand mit zerzaustem Haar, mit glänzenden Augen und verkrampftem Kinnladen, doch bis sie die Anhöhe erreichte, sprach sie nicht ein Wort. Erst dann sagte sie zu Nini: »Und du, was treibst du hier, sag?«

»Ich will nur den Alten begleiten«, antwortete er.

Und auf dem Friedhof zogen sie den Sarg in die Grube, und das Mädchen begann höchst behende Schaufeln voller Erde auf ihn zu werfen. Der Holzkasten klang hohl, und Simes Augen wurden bei jedem Wurf feuchter, bis Nini ihr ins Gesicht blickte: »Simi, ist dir etwas?«

Sie fuhr sich mit dem Handrücken über die Stirn. Dann sagte sie fast wütend: »Siehst du nicht den Staub, den ich aufwirble?«

Beim Fortgehen beschnüffelte Loy den Schwanz von Duque, und über die Hügel breitete sich unsäglicher Frieden. Sime deutete mit der Schaufel auf Loy: »Er weiß nicht einmal, daß es sein Vater ist, siehst du.«

Auf dem Rückweg schlug das Eselchen einen Schweinsgalopp an, der hangabwärts schneller wurde. Doch Sime lenkte den Karren auf den Pfad der Donalcio-Schlucht und fuhr mit ihm an der Kirche vorbei ins Dorf ein, statt am Schuppen des Mächtigen. Nini sagte zu ihr: »Sime, gehst du nicht nach Hause?«

»Nein«, sagte Sime.

Und vor der Tür des Elften Gebots hielt sie den Karren an, stieg aus und klopfte zweimal trocken an die Haustür. Als Doña Resu öffnete, machte sie ein Gesicht, als habe sie Magenschmerzen.

»Sime, Weib«, sagte sie. »Das elfte sagt: Du sollst nicht stören.«

Nini erwartete, Sime würde barsch antworten, doch zu seiner Überraschung senkte das Mädchen den Kopf und sagte flüsternd: »Verzeihung, Doña Resu, wenn es Ihnen nichts ausmacht, so begleiten Sie mich bitte zur Kirche. Ich möchte ein Gelübde tun.«

Das Elfte Gebot bekreuzigte sich, dann trat sie vor die Tür und sagte: »Gepriesen sei der Herr. Komm rein, Tochter. Der Herr hat dich gerufen.«

XV

Zur Zeit von Unserer Lieben Frau vom Licht keimten die Sumpfdotterblumen auf der Weide, und Nini schickte eilends Nachricht an Großstummel, damit er seine Schafe fortnehme, denn er wußte durch den Hundertjährigen, daß das Schaf, das Sumpfdotterblumen frißt, leberkrank und dadurch unbrauchbar wird. Am selben Nachmittag ließ Pruden Nini wissen, daß die Maulwürfe seinen Garten untergrüben und dadurch den Mangold und die Kartoffeln am Gedeihen hinderten. Gegen Abend stieg Nini zum Flußbett hinunter und mühte sich eine Stunde lang damit ab, im Erdboden kleine Gänge zu graben, um die Stollen miteinander zu verbinden. Nini wußte von Großvater Román, daß durch Schaffung von Zugluft zwischen den Stollen der Maulwurf sich erkältet und im Morgengrauen seinen Unterschlupf verläßt, um sie aufzufüllen. Nini arbeitete bedachtsam, wie zum Zeitvertreib, und ließ sich bei seiner Aufgabe von den kleinen schwammigen Erdhaufen lenken, die ringsum aufragten. Fa, mit einemmal gealtert, sah ihm hechelnd aus einem schattigen Schilfrohrversteck zu, während Loy, der zimtfarbene Hund, im Kiesgrund umherlief, auf der Jagd nach Mauereidechsen.

Am nächsten Tag, dem heiligen Erasmus und der heiligen Blandina, stieg der Junge noch vor Sonnenaufgang von neuem in den Gemüsegarten hinunter. Der Hitzedunst ließ die Bergformen, die ferner schienen, verschwimmen, und auf den Pflanzen sammelte sich der Tau. Dicht an der Uferböschung flatterte geräuschvoll eine Wachtel auf, während die Grillen und die Frösche, welche den neuen Tag freudig ankündigten, desto leiser wurden, je näher der Junge herankam. Schon im Garten, stellte Nini sich in einer Ecke dicht am Bach auf, und kaum waren zehn Minuten verstrichen, kündigte ein dumpfes Geräusch, das dem eines Kaninchens in seiner Sasse ähnlich war, das Auftauchen des Maulwurfs an. Das Tier bewegte sich schwerfällig, hielt häufig an und wandte sich nach letztem Zaudern einer von dem Jungen aufgeschurften Stelle zu und begann Erde auf das Loch zu häufen, indem es sie mit der Schnauze vorwärtsschubste. Als Loy, der junge Hund, ihn sah, duckte er sich und bellte mit dem Kopf auf den Pfoten wütend los, wobei er die seltsamsten Sprünge machte, doch der Junge stieß ihn scheltend fort, griff behutsam nach dem Maulwurf und verwahrte ihn in seinem Korb. In weniger als einer Stunde fing er solcherart noch drei Maulwürfe, und kaum hatte sich der rötliche Sonnenglanz auf den Hügeln angekündigt und die ersten Schatten geworfen, richtete sich Nini auf, räkelte träge seine kurzen Arme und sagte zu den Hunden: »Los.«

Am Fuß des Cerro Colorado bestellte José Luis, der Gerichtsvollzieher, das Brachfeld, und ein wenig tiefer, auf der anderen Flußseite, band Antoliano geduldig die Endivien und die Lattiche, damit sie bleichten. Vom Dorf hallte das Geklingel der Herde herüber sowie die mißgelaunten schläfrigen Stimmen der Männer aus Estremadura im Hinterhof des Mächtigen.

Zwanzig Meter flußabwärts, als Nini das Schilfrohr erreichte, flog unvermutet der rebhuhnjagende Adler hoch. Es war ungewöhnlich, daß der Adler im Binsengestrüpp übernachtete, und Nini entdeckte gleich darauf das Nest, das grob in einem Brombeerstrauch mit

Hilfe von vier verflochtenen Stecken gebaut und mit einem Junghasenfell bedeckt war. Zwei Junge, das eine größer als das andere, hefteten ihre runden argwöhnischen Äuglein auf ihn und reckten ihm ihre gekrümmten Schnäbel drohend entgegen. Der Junge lächelte, riß eine Binse aus und belustigte sich ein Weilchen damit, sie zu reizen und anzustacheln, bis sie in Verzweiflung gerieten. Oben, im Himmelsblau, beschrieb die Adlermutter weite Kreise über seinem Kopf.

Nini verschwieg seine Entdeckung, doch jeden Nachmittag stieg er zum Binsendickicht hinunter, um das Wachstum der Jungadler und die Rundflüge der Mutter zu beobachten, die, eine Ratte, ein Rebhuhn oder eine Mauereidechse in ihren raubgierigen Krallen, dann und wann blitzschnell zum Nest hinabstieß. Bei jedem Einflug spähte das auf dem Brombeerstrauch thronende Adlerweibchen herausfordernd und hoheitsvoll in die Umgebung, bevor es das Beutestück abhäutete, um es seiner Brut zu überlassen. Der in den Binsen versteckte Junge belauerte seine Bewegungen, den Heißhunger der Jungadler, welche die Jagdbeute verschlangen, die stolze Genugtuung der Adlermutter, bevor sie sich wieder in die Lüfte schwang. Auf diese Weise wuchsen Gefieder und Umfang der Jungadler, bis Nini eines Nachmittags entdeckte, daß der Kleinere von beiden aus dem Nest verschwunden und der Große mit einem Drahtende am Stamm des Dornbuschs festgebunden war. Während er die Fessel hastig durchschnitt, dachte er an Matías Celemín, den Wilderer, und bald darauf dachte er an nichts mehr, weil der Adler aus dreihundert Meter Höhe senkrecht auf ihn herabstieß und Fa und Loy bellten, während sie in die Höhe linsten und dabei unablässig zurückwichen. In seinem Tiefflug streifte der Adler kaum das Nest, packte das befreite Junge mit seinen Krallen und stieg sofort wieder in die Höhe Richtung Bergwald.

Zwei Tage später, zum Fest des Triumphes des heiligen Paulus, blies der Nordwind, und das Wetter frischte auf. Die Abenddämmerungen wurden kühler, und die Grillen und Wachteln stimmten ihre allabendlichen Konzerte an. Am nächsten Tag, Sankt Medardo, flachte der Wind ab, und gegen Abend hob sich der Himmel, und über dem Dorf schwebte eine sanfte, durchsichtige Atmosphäre. In tiefer Nacht ging der Mond auf, ein weißer ferner Mond, der allmählich über den Hügeln aufstieg. Als Rattenfänger und Nini in die Taverne kamen, bellte Chuco, Malvinos Hund, aus dem Korral zornig zum Mond empor, und sein Bellen hallte kristallklar wider. Malvino verlor die Fassung und sagte: »Was hat das Biest bloß heute abend?«

Nach und nach kamen alle Männer aus dem Dorf ohne vorherige Absprache in die Kneipe. Sie kamen einzeln, einer nach dem anderen, die schwarze Baskenmütze bis über die Ohren heruntergezogen, und bevor sie sich auf die Bänke setzten, blickten sie furchtsam und argwöhnisch umher. Nur von Zeit zu Zeit hörte man das Klappern eines Trinkgefäßes auf dem Holztisch oder ein wütendes Schimpfwort. Der Raum füllte sich mit Rauch, und als Pruden in der Tür erschien, wandten sich ihm zwanzig sonnengegerbte Gesichter in feierlichem Ernst zu. Pruden zögerte auf der Schwelle. Er wirkte bleich und unsicher. Er sagte: »Die Sterne glitzern so hell, droht uns etwa der schwarze Frost?«

Schweigen antwortete ihm und weit hinten das erbitterte Gebell Chucos im Korral. Pruden blickte umher, bevor er sich setzte, und nun hörte er das Fluchen Rosalinos, des Werkführers, in seinem Rücken, und als er sich umdrehte, sagte Rosalino zu ihm: »Wenn ich Gott wäre, ließe ich dich nach Belieben werkeln, nur um dich nicht hören zu müssen.«

Nach Rosalinos dunkler Stimme wurde die Stille dichter und dramatischer. José Luis, der Gerichtsvollzieher, fuchtelte unruhig hin und her, bevor er sagte: »Malvino, könntest du deinen Hund nicht zum Schweigen bringen?«

Der Tavernenwirt ging hinaus, und von draußen hörte man den Fußtritt und das schmerzvolle Winseln des flüchtenden Hundes. Die Spannung der Männerversammlung schien bei Malvinos Rückkehr zugenommen zu haben. Muffig sagte Guadalupe, der Vorarbeiter, nach einer Weile: »Wo hat man jemals gesehen, daß es um Sankt Medardo friert?«

Die vierzig Augen richteten sich nun allesamt auf Guadalupe, und dieser, um seine Verwirrung zu verscheuchen, leerte sein Glas in einem Zug. Malvino kam mit der Flasche heran und füllte es ihm, ohne daß der andere darum gebeten hätte. Dann sagte er, die Flasche in der Hand und schon entschlossen, dem Unvermeidlichen ins Auge zu sehen: »Das nicht. Seit dem Frost zu Santa Oliva sind es gute zwanzig Jahre her, wißt ihr's noch? Das Korn stand hoch im Halm und war trocken, und in weniger als vier Stunden hatte der Schwindel mit allem aufgeräumt.«

Und schon brach der Zauber.

»Es waren sicherlich nicht mehr als zwanzig oder dreißig Scheffel, die wir im Landstrich geerntet haben«, fügte Antoliano hinzu.

Justito, der Bürgermeister, rief vom Ecktisch herüber: »So was kommt nur einmal vor. Einen Fall wie den werden wir nicht noch mal erleben.«

Antoliano hantierte heftig mit seinen Händepranken

auf dem Nebentisch, während er Virgilio, dem von der Señora Clo, das Verhängnis erklärte: »Die Gesteinsbrocken sahen wie versengt aus, hörst du? Genauso, als wäre das Feuer über sie hinweggefegt. Genauso. Alles verkohlt.«

Der Tavernenwirt füllte die Gläser, und die zunächst zögernden Zungen traten langsam in Tätigkeit. Man hätte meinen mögen, sie hofften durch ihre glühende Mitteilsamkeit die Gefahr zu bannen. Plötzlich war von neuem das jämmerliche Heulen Chucos im Hinterhof zu hören, das die Unterhaltungen übertönte.

Nini sagte: »Der Hund da bellt, als gäbe es einen Toten.«

Niemand antwortete, und Chucos zunehmend moduliertes Gejaule lief wie ein Schauder über die Tische. Malvino trat in den Hinterhof hinaus. Sein Fluchen vermengte sich mit dem kläglichen Winseln des Hundes und dem Türschlagen des eintretenden Wilderers Matías Celemín. Keuchend wie nach einem anstrengenden Marsch sagte er: »Es friert ganz schön. Die Wagenspuren sind hart wie im Januar. Im Garten steht kein Stengel mehr senkrecht. Wofür bekommen wir diese Strafe?«

Aus allen Ecken erhob sich ein Geraune unterdrückten Fluchens. Darüber fiel bleischwer Prudens erregte, zitternde Stimme: »Ich scheiße auf meine Mutter!« kreischte er. »Soll das ein Leben sein? Man plagt sich elf Monate lang wie ein Hund, und dann, eines Nachts...« Er drehte sich zu Nini um. Sein fiebriger Blick lastete erwartungsvoll, begierig, auf dem Jungen.

»Nini, Spitzbube«, fügte er hinzu, »ist denn dagegen kein Kraut gewachsen?«

»Je nachdem«, sagte der Kleine ernst.

»Je nachdem, je nachdem...nach was?«

»Dem Wind«, erwiderte der Junge.

Das Stillschweigen war starr und gespannt. Alle Blicke der Männer versammelten sich jetzt auf Nini wie die Raben im Oktober auf den Saatfeldern. Pruden wollte wissen: »Der Wind?«

»Wenn bei Tagesanbruch der Nordwind wiederkommt, nimmt er den Frost mit und rettet die Ähren. Der Gemüsegarten hat es da schon schwerer«, sagte der Junge.

Pruden stellte sich auf die Füße und drehte eine Runde zwischen den Tischen. Er schwankte wie betrunken und lachte jetzt wie ein Tölpel: »Habt ihr's gehört?« sagte er. »Es gibt noch ein Mittel. Warum sollte der Wind nicht loswehen? Friert es zu Sankt Medardo nicht sehr selten, und trotzdem friert es? Warum sollte der Wind nicht plötzlich wehen?«

Jäh hörte er auf zu lachen, beobachtete die Gesichter ringsum und wartete auf die Zustimmung von irgendeinem, doch dann musterte er ein Gesicht nach dem anderen und sah in der Tiefe ihrer Blicke nichts als eine Wolke der Skepsis und verdrossene Schicksalsergebenheit. Nun kehrte er auf seinen Platz zurück und barg das Gesicht in den Händen. Hinter ihm sagte Antoliano zum Rattenfänger halblaut: »Es gibt keine Ratten mehr, die Ernte geht verloren, darf man erfahren, welcher Hurensohn uns an dieses verfluchte Dorf kettet?«

Kleinstummel stammelte: »Die Erd... Die Erde«, sagte er. »Die Erde ist wie die Frau von einem.«

Rosalino schrie aus der äußersten Ecke: »Genau das, denn sie versetzt dich mit dem ersten, der ihr über den Weg läuft!«

Mamés, der Stumme, verzog neben dem Wilderer den Mund, verzog zeternd den Mund wie immer, wenn er nervös wurde. Matías Celemín kreischte sofort: »Still, Stummer, Scheiße noch eins, du machst mich krank!«

Frutos, der Schöffe, sagte nun: »Und wenn der Virgilio uns eins vorsänge?«

Und als sei dies ein Zeichen, schrieen alle gleichzeitig von allen Tischen: »Los, Virgilio, spiel uns auf!«

Agapito, der Fußgänger, begann mit den Handflächen im Takt auf die Marmorplatte einzuhämmern. Justito, der seit Stunden unablässig aus dem irdenen Krug trank, erhob seine Stimme über die anderen hinweg: »Los, Virgilio, spiel irgendwas!«, und Virgilio räusperte sich zweimal und stimmte »Der Lampenanzünder« an, und Agapito und Großstummel klatschten Beifall, und gleich danach taten Frutos, Guadalupe, Antoliano und José Luis ihnen Bescheid. Minuten später siedete die Taverne, und das Händeklatschen vermischte sich mit den Stimmen, die wie wahnsinnig alte schmerzerfüllte Lieder mißtönend anstimmten. Rauch füllte den Raum, und Malvino, der Tavernenwirt, ging von Tisch zu Tisch und füllte die Gläser und die irdenen Krüge wieder und wieder. Draußen beschrieb der Mond stillschweigend seine gewohnte Parabel über den Hängen und Dächern der Dorfhäuser, und der Rauhreif gerann dick auf dem Gemüse und den Gesteinsbrocken.

Die Zeit hatte aufgehört abzulaufen, und als Sabina, die vom Pruden, in die Taverne hereinplatzte, blickten die Männer einander hohläugig und verdutzt an, als fragten sie sich nach dem Grund, warum sie dort alle versammelt saßen. Pruden rieb sich die Augen, und sein Blick traf Sabinas leeren Blick, und nun schrie Sabina: »Darf man erfahren, was vorgefallen ist, daß ihr um fünf Uhr in der Früh diesen Rummel veranstaltet? Fällt euch nichts Besseres ein, als wie Buben verrückt zu spielen, wenn der Rauhreif eure Ernten vernichtet?«

Sie rückte zwei Schritte vor und pflanzte sich vor Pruden auf: »Du, Acisclo, du erinnerst dich wohl nicht mehr an den Frost von Santa Oliva, was? Denn der von heute nacht ist noch schlimmer, damit du Bescheid weißt. Die Ähren halten dem Frostschorf nicht stand und biegen sich, als wären sie aus Blei.«

Plötzlich entstand feierliche Stille. Nun glich die Taverne dem Vorzimmer eines Sterbenden, in dem keiner bereit war, den Tatsachen ins Auge zu blicken und festzustellen, ob der Tod sich entschieden hatte. Eine Kuh muhte kläglich unten in den Ställen des Mächtigen, und als sei dies das erwartete Zeichen, trat Malvino zu dem kleinen Fenster und riß jäh die Läden auf. Verschwommenes, winterliches, kaltes Licht schimmerte durch die trüben Scheiben. Doch noch rührte sich niemand. Einzig Rosalino stand auf, als Antolianos weißer Hahn sein heiseres Kikeriki in die Stille entließ, und sagte: »Komm, gehen wir.«

Sabina stützte Pruden an einem Arm und sagte zu ihm: »Es ist halt das Elend, Acisclo, machst du dir das klar?«

Draußen verblichen zwischen den Hügelhängen die letzten Sterne, und rohes, weißliches Licht breitete sich über die Talsohle. Die Wagenspuren schienen aus Stein, und die getretene Erde knackte wie Nußschalen. Die Grillen sangen furchtsam, und von der Höhe der Donalcioschlucht rief eindringlich ein Rebhuhnmännchen. Die Männer schritten mit gesenkten Köpfen auf dem Fußweg aus, und Pruden faßte Nini am Genick und sagte bei jedem Schritt zu ihm: »Wird der Nordwind kommen, Nini? Glaubst, der Nordwind kommt?«

Aber Nini antwortete nicht. Jetzt sah er das Gattertor und das Kreuz des kleinen Friedhofs auf der Hangkuppe, und ihm war, als erwarte diese Schar niedergeschlagener Männer, die über die weiten Kornfelder ausschwärmten, die Heraufkunft eines Gespenstes. Die Ähren warfen sich, ihre frostbedeckten Grannen schwankten, einige wurden bereits schwarz. Pruden sagte trostlos, als drücke das Gewicht der Nacht ihn mit einemmal nieder: »Das Heilmittel kommt nicht rechtzeitig.«

Drunten, im Gemüsegarten, lagen die einzelnen Sorten darnieder, die Blätter wirkten welk, frostversengt. Die Schar blieb auf den Saatfeldern stehen und blickte zum Bergkegel von Torrecillórigo auf, und die Männer hefteten ihre Blicke unbewegt auf die zunehmend deutlichere Hügelkette. Hinter der Donalcioschlucht leuchtete das Licht lebendiger. Dann und wann neigte sich der eine oder andere zu Nini herunter und sagte murmelnd zu ihm: »Meinst, es ist schon zu spät, Spitzbube?«

Und Nini antwortete: »Bevor die Sonne aufgeht, ist es noch Zeit. Die Sonne dörrt die Ähren aus.«

Und von neuem erwachte in ihnen die Hoffnung. Doch der Tag ging auf, ohne innezuhalten, und erhellte die Hügel und umriß das Elend der Lehmziegelhäuser, und der Himmel herrschte in seiner Höhe und die stille Luft, und die weitaufgerissenen Augen der Männer starrten, mit angstvoller Gier, auf die Wasserscheide der Hügel.

Plötzlich geschah alles. Zuerst wehte ein sanfter, feiner Windhauch, der die Ähren streichelte; dann bekam der Wind eine Stimme und begann über die Hügel hinabzustreichen, rauh, zerzaust, und bog die Halme und ließ die Kornfelder wie ein Meer dahinwogen.

Nach und nach schwoll zerrissenes Gebrüll, das die Felder wütend durchschüttelte, und die Ähren begannen herabzupendeln, sich vom Frost zu befreien und sich allmählich dem goldenen Morgenlicht entgegenzuheben. Die Männer, das Gesicht im Wind, lächelten unmerklich, wie schlafgebannt, ohne zu wagen, auch nur einen Muskel zu bewegen, aus Furcht, den günstigen Elementen entgegenzuwirken. Rosalino, der Werkführer, fand als erster seine Stimme wieder und wandte sich an sie: »Der Wind! Hört ihr ihn nicht? Es ist der Wind!«

Und der Wind griff nach seinen Worten und trug sie ins Dorf, und nun, als wäre es ein Echo, läutete die Pfarrkirchenglocke fröhlich, und bei ihrem Schall schien die ganze Schar zu erwachen und brach in unzusammenhängende Rufe aus, und Mamés, der Stumme, sabberte los und lief von einem zum anderen und lächelte und sagte: »Je, je.«

Und Antoliano und Virgilio stemmten Nini über ihre Köpfe hoch und schrieen: »Er hat's gesagt! Der Nini hat's gesagt!«

Und Pruden kniete auf dem Saatfeld nieder, während Sabina an seinem Hals schluchzte, und rieb immer wieder das Gesicht an den Ähren, die zwischen seinen Fingern auskörnten, und er hörte nicht auf, wie wahnsinnig zu lachen.

XVI

Die winzigen Gemüsegärten am Bach waren vom schwarzen Frost versengt. Dennoch stiegen die Männer aus dem Dorf hartnäckig in ihre Parzellen hinunter und säten ihre Grundstücke mit Sauerampfer ein, scharfer Brunnenkresse, krausem Endiviensalat, feinen Erbsen, Kerbel, Lauch und frühen Mohrrüben. Rosalino, der Werkführer, befreite den Weinberg von Wurzeln und Sprößlingen in den Pfropfunterlagen, und Nini, der Kleine, tat das Seine, um die Drohnen aus den Bienenkörben zu entfernen und die Kaninchen für die Fortpflanzung auszusuchen.

Eine noch milde Sonne sorgte für eine gleichbleibende Temperatur, und unter ihren Strahlen schoß das Korn schließlich in die Halme und setzte Körner an und trocknete in wenigen Tagen. Im Dorf nahm die Tätigkeit zu. Zu jeder Stunde säuberten Männer und Frauen die Dreschböden und brachten die Geräte für das Dreschen in Ordnung, und gegen Abend entkeimten sie die für die Aufnahme des Korns bereiten Speicher. Im tiefblauen Himmel flogen eines Tages die jungen Störche des Turms auf und nahmen damit den Ausspruch des verstorbenen Señors Rufo voraus: »Um Sankt Johann kommen die Storchjungen dran.«

Somit richteten sich die Blicke der Männer aus dem Dorf jeden Morgen auf das Tor des Nordostens, das sich in den ersten zehn Tagen des Monats heiter und wolkenlos hielt. Pruden sagte bei jeder Gelegenheit: »Jetzt fehlt uns nur noch, daß es nicht regnet.«

Der verstorbene Hundertjährige pflegte mit seiner

sprichwörtlichen Schlagfertigkeit zu erläutern: »Wasser im Junimorgen bringt Unglück und Sorgen.«

Und die Männer der Talsohle warteten jeden Morgen auf die Sonne mit dem gleichen Ungestüm, mit dem sie um Unsere Liebe Frau von Sancho Abarca oder um Sankt Saturio auf den Regen warteten. Trotzdem wuchs unter der Bevölkerung gegen Sankt Basilio den Großen vorzeitiger Optimismus. Die Tatsache, daß das Korn vom schwarzen Frost gerettet worden war, verlieh ihnen überschwengliche Redseligkeit. »Gleichviel, wie, die Ernte ist gerettet«, sagten sie. Doch Señora Librada, die älter oder vorsichtiger war, warnte: »Wartet, bis ihr euren Weizen in der Brotkammer habt, bevor ihr redet.«

Onkel Rattenfänger seinerseits erwartete sich nichts vom Wetter. Seine Wortkargheit wurde zusehends finsterer und unbeugsamer. Während des Tages brachte er kaum die Lippen auseinander, und abends, wenn er sich auf sein Strohlager legte, sagte er stets zu Nini: »Morgen müssen wir runter.«

Der Junge suchte ihn zu bremsen: »Warte. Um Sankt Vito kommt der Flußkrebs.«

»Der Flußkrebs?«

»Vielleicht ist es ein gutes Jahr. Wer weiß?«

Eine Woche vorher, um Santa Orosia, hatten die Dinge so ausgesehen, als ließen sie sich gut an, als Justo Fradique, der Bürgermeister, der sich wie zu großen Feierlichkeiten eine grünrote Krawatte umgebunden hatte, zum Rattenfänger in Malvinos Taverne unverblümt gesagt hatte: »Rattenfänger, was würdest du sagen, wenn ich dir ein Tagwerk für dreißig Peseten Lohn und Beköstigung anbieten würde?«

Der Rattenfänger fuhr sich mit der Zungenspitze über die rissigen Lippen. Dann kratzte er sich derb am Hinterkopf unter der Baskenmütze. Man hätte meinen mögen, er wolle zu einer langen Beweisführung ansetzen, aber er sagte nur: »Je nachdem.«

»Je nach was?«

»Je nachdem.«

»Schau, du brauchst nur die Hänge hochzusteigen und Gruben mit den Männern aus Estremadura zu graben.« Er deutete auf Nini. »Natürlich kann der Nini auch hochsteigen und mit dir essen.«

Der Rattenfänger dachte ein paar Sekunden nach.

»Geht in Ordnung«, sagte er schließlich.

Justo Fradique zupfte sich mechanisch am frischrasierten Bart. Das gleiche hatte er vor zwei Tagen in der Stadt getan, als der Anwalt zu ihm gesagt hatte: »Wenn dieses Subjekt in letzter Zeit nicht seine Meinung geändert hat, liegt kein Grund vor, ihn einem Test zu unterziehen und ihn der elterlichen Rechte zu berauben.«

Nun blickte Justito den Rattenfänger lange an und sagte mit gespielter Gleichgültigkeit: »Ich stelle dir nur die Bedingung, daß du die Höhle verläßt.«

Der Rattenfänger hob die Augen.

»Die Höhle gehört mir«, sagte er.

Justo Fradique stützte die Ellbogen auf den Tisch und fügte geduldig hinzu: »Hab doch ein Einsehen, Rattenfänger. Das Haus von der alten Tenne kostet zwanzig Duros Miete, und du verdienst dann hundertundachtzig und die Verköstigung obendrein. Was sagst du nun?«

»Die Höhle gehört mir«, wiederholte der Rattenfänger.

Justo Fradique streckte die Unterarme auf die Marmortheke und sagte, bemüht, seine Stimme sanft klingen zu lassen: »Ist gut. Ich kauf' sie dir ab. Was willst du dafür haben?«

»Nichts.«

»Nichts? Nicht mal tausend?«

»Nein.«

»Sie wird doch einen Preis haben, sie wird doch was wert sein, sage ich.«

»Etwas.«

»Wieviel? Sag's!«

Der Rattenfänger lächelte verschmitzt.

»Die Höhle gehört mir«, sagte er.

Justo Fradique wiegte den Kopf von einer Seite zur anderen und heftete schließlich seinen wutentbrannten Blick auf den Rattenfänger.

»Ich könnte erreichen«, sagte er, »daß Luisito, der aus Torrecillórigo, dir nicht mehr die Ratten wegholt. Was sagst du dazu?«

Rattenfängers Gesicht verwandelte sich augenblicklich. Seine Nasenflügel weiteten sich, und seine Lippen preßten sich aufeinander, bis sie blutleer wurden.

»Das werde ich schon selbst besorgen«, sagte er.

Justito stand auf: »Du hast keinen Schneid«, sagte er. »Auf jeden Fall überleg dir's mal. Wenn du es willst, könnte ich dir helfen.«

Fortan verbrachte der Rattenfänger seine Stunden damit, das Flußbett zu überwachen. Er lebte in einem Zustand unterdrückter Erregung und fand nachts keinen Schlaf. An einigen Vormittagen erklomm er den Bergkegel von Torrecillórigo und spähte von der Kuppe aus unablässig auf die Flußufer hinab. Gegen Abend flüchtete er in die Taverne oder in die Ställe oder auf die Steinbank vor Antolianos Werkstatt. Und Antoliano sagte zu ihm: »Zwei Hände hast du, Rattenfänger. Niemand braucht mehr.«

Und Rosalino neigte den Kopf in Richtung Torrecillórigo und fügte hinzu: »Der sollte mir mal kommen.«

Und Malvino rückte ihm in der Taverne auf den Leib: »Der Fluß gehört dir, Rattenfänger. Schon bevor der zahnte, warst du im Geschäft.«

Währenddessen rackerte Nini sich ab, die Schwierigkeiten seiner Nachbarn zu bewältigen, doch brachte ihm das Entfernen der Drohnen aus den Bienenkörben, das Kastrieren eines Schweins oder das Aussondern kranker Kaninchen aus einem Kaninchengehege selten mehr ein als bestenfalls zwei Reales. Malvino sagte zu ihm: »Mensch, setz doch eine Gebühr fest. Machen die Ärzte und die Anwälte es nicht auch so?«

Nini zuckte die Achseln und blickte ihm mit solchem Nachdruck ins Gesicht, daß Malvino aus der Fassung geriet und schließlich den Mund hielt.

Um Sankt Vito endete die Schonzeit für Krebse, und Nini stieg mit den Haken und den Netzen zum Fluß hinunter. Er versah die Haken mit Würmern und die Netze mit Dörrfleisch, und bei Sonnenuntergang hatte er fünf Dutzend gefangen, und die Krebse gingen seinem Köder willig auf den Leim. Als die Nacht einfiel, ergriff der Kleine die Laterne und ersetzte das Dörrfleisch in den Netzen durch Hühnerkutteln. Die Grillen sangen ringsum, und über seinem Kopf, auf der ersten der drei Pappeln, klatschte eine Schleiereule. Um Mitternacht sammelte Nini seinen Kram ein, weckte die Hunde, und bevor er in die Höhle heimkehrte, ließ er im Flüßchen eine Leine für den Aal ausgespannt. Die Krebse glitschten im Sack und verursachten ein feuchtes, fettiges Geräusch.

Onkel Rattenfänger wartete auf ihn, unter der Öllampe im Höhleneingang hockend.

»Hast du den gesehen?« sagte er, bevor Nini das Thymianfeld erreichte.

»Nein«, sagte der Junge.

Rattenfänger brummte etwas zwischen den Zähnen. Er fügte hinzu: »Und die Krebse?«

»Elfeinhalb Dutzend«, sagte Nini. Und zum ersten Mal während mehrerer Wochen öffnete Rattenfänger die Lippen zu einem Lächeln.

»Wenn Sime dieses Jahr nicht zum Fischen runterkommt, wird alles gutgehen«, fügte der Junge hinzu.

Sime war eine Zeitlang seine stärkste Nebenbuhlerin gewesen. Sime fischte mit der Hand, sie raffte die Röcke hoch und ließ dabei ein paar weiße, blutwurstähnliche Schenkel sehen. Die Zeigefingerkuppe ihrer rechten Hand war schwielig, und diese schob sie furchtlos in die Löcher oder zwischen die Merke, und an ihnen biß sich der Krebs mit heißhungrigem Genuß fest. Mit einer so einfachen Technik fing Simeona seit Jahren mehr als fünfhundert Dutzend. Adolfo, der vom Linienbus, nahm dann die Krebse in die Stadt mit, nach Größen geordnet, um sie auf dem Markt zu verkaufen. Doch dieses Jahr war Simeona in den geistlichen Stand eingetreten. Sie ließ ihr Haar auf die Schultern fallen und schlüpfte in einen bis zu den Füßen reichenden schwarzen Hausrock. Ihr Gewand war das gleiche, das Eufrasia vor fünf Jahren getragen hatte, die erste, die das Gelübde abgelegt und die das Elfte Gebot in ihr Haus aufgenommen hatte. Sime sollte wie Eufrasia drei Jahre bei Doña Resu verbringen und dort die härtesten und demütigendsten Arbeiten verrichten, um sich dadurch auf den Nonnenberuf vorzubereiten. Malvino pflegte in seiner Taverne zu sagen: »Das ist die Art und Weise, wie man sich kostenlos ein Dienstmädchen besorgt.«

Simeonas plötzlicher Wandel weckte indes die Habgier der Männer des Orts, die jede günstige Gelegenheit nutzten, um sie zu fragen: »Sime, was wirst du mit deinem Karren machen?«

»Ich brauche ihn«, antwortete Simeona beständig.

»Und mit dem Esel?« fügten sie hinzu.

»Den brauche ich auch...« antwortete sie.

Sie kratzten sich am Kopf und fragten am Ende: »Und darf man erfahren, wozu du den Karren und einen Esel für den Nonnenstand brauchst?«

Sime entgegnete ohne Zögern: »Für die Mitgift.«

In letzter Zeit wich Nini Simeona aus, weil diese jedesmal, wenn er ihr begegnete, sich duckte und sagte: »Erniedrige mich.«

Der Junge schüttelte den Kopf.

»Ich verstehe nichts davon«, sagte er schließlich.

»Spucke mich an«, setzte sie hinterher.

Der Kleine weigerte sich.

»Hörst du nicht?« beharrte sie. »Ich sage dir doch, du sollst mich anspucken. Lern endlich, Erwachsenen zu gehorchen.«

Der Junge widersetzte sich, doch manchmal tat er schließlich so, als spucke er vor ihr aus.

Sie gab sich nicht zufrieden: »So nicht. Dicker und ins Gesicht. Hörst du mich?«

Bei anderen Gelegenheiten warf Sime sich auf den Erdboden und flehte ihn an, er möge auf sie treten. Allmählich befiel ihn abergläubischer Widerwillen gegen Simeona.

In letzter Zeit kam das Mädchen eine Sucht an, ihren Tod vorauszusagen, und die Hände ringend verkündete sie, »die Sache wird so rasch vor sich gehen, daß ich keine Zeit finden werde, mich vorher zu waschen«. Dabei ernannte sie Nini zum Vollstrecker ihres letzten Willens.

»Paß auf, Nini«, sagte sie dann, »wenn ich sterbe, sollen Karren und Esel dir gehören. Den Karren verkaufst du, und den Erlös legst du in Messen an. Mit dem Esel machst du, was du willst. Du kannst mit ihm aufs Feld reiten, aber jedesmal, wenn du aufsitzt, mußt du an Sime denken und für mich ein Stoßgebet sprechen.«

»Was ist das, Sime?« wollte der Junge wissen.

»Jesus! Wo lebst du eigentlich? Das Stoßgebet ist ein kurzes Gebet. Du sagst einfach ›Herr, vergib der Simeona.‹ Nur das, hörst du? Aber jedesmal, wenn du den Esel reitest, verstehst du mich?«

»Ja, Sime, keine Sorge«, pflichtete der Junge ihr bei.

Nach einem Augenblick des Nachdenkens fügte sie hinzu: »Oder noch besser. Du sagst jedesmal, wenn du den Esel besteigst: Herr, vergib der Sime die Sünden, die sie im Kopf begangen hat, dann mit den Händen, sodann mit der Brust, dann mit dem Bauch und immer so weiter, bis du zu den Füßen gelangst. Verstehst du mich, Nini?«

Nini blickte sie seelenruhig an. Schließlich sagte er: »Sime, kann man denn mit dem Bauch Sünde begehen?«

Und schon brach Sime in Tränen aus. Sie brauchte eine Weile, bis sie antworten konnte. Dann sagte sie: »Schau, Nini, die allerschlimmsten. Der meine hieß Paquito und liegt auf dem Friedhof neben meinem Vater. Wußtest du das nicht?«

»Nein, Sime«, entgegnete der Junge.

Mit einer ungeduldigen Gebärde warf sie die Haare zurück und sagte: »Klar, du warst damals noch sehr klein.«

Doch um Sankt Protasio und Sankt Tribuno wurde Sime tatsächlich krank, und als Nini sie tief in ihren

Strohsack vergraben liegen sah, fiel ihm der tote Hundertjährige ein. Da sagte das Mädchen zu ihm: »Hör zu, Nini. Wenn ich sterbe, sollen der Karren und der Esel und Duque dir gehören, verstehst du?«

»Aber Sime...« gab der Junge zurück.

»Nichts von ›aber Sime‹«, unterbrach sie ihn. »Wenn ich sterben sollte, brauche ich die Mitgift nicht mehr.«

»Du wirst aber nicht sterben, Sime. Dein Vater ist doch schon gestorben.«

»Halt den Mund. Kein Vater stirbt für sein Kind, hörst du?«

»Gut, Sime«, sagte der Junge eingeschüchtert. Und sie setzte hinzu: »Dafür bitte ich dich nur, daß du nicht vergißt, was ich dir gesagt habe, denkst du daran?«

»Ja, Sime. Jedesmal, wenn ich den Esel besteige, werde ich den Herrn bitten, daß er dir deine Sünden vergibt, angefangen beim Kopf.«

Sime seufzte erleichtert. »Ist gut«, sagte sie. »Und jetzt demütige mich. Mir bleibt nicht mehr viel Zeit, um mich zu waschen. Ich hab's eilig.«

»Was, Sime?«

»Spuck mich an«, sagte sie.

»Nein, Sime.«

Sie schnitt ein paar blitzschnelle Fratzen.

»Hörst du nicht? Du sollst mich anspucken!«

Der Junge wich zur Tür zurück. In Simeonas scharfen Zügen sah er mit einemmal den toten Hundertjährigen und die tote Erleuchtete: »Das auf keinen Fall, Sime.«

In diesem Augenblick drang durch die Fensterritzen spitzes, klägliches Geheul. Sime blieb reglos liegen und blinzelte kurz und nervös, dann bedeckte sie plötzlich das Gesicht mit den Händen und brach in hysterisches Weinen aus.

»Hast du gehört, Nini?« sagte sie zwischen zwei Schluchzern. »Das war der Teufel.«

Der Junge trat näher.

»Es ist der Uhu, Sime, hab keine Angst. Er jagt Mäuse auf dem Dach.«

Nun warf sie sich auf den Rücken, lachte heraus und begann, wirres Zeug zu reden.

Um Santa Editruda und Santa Agripina genas Simeona. Nini, der Kleine, begegnete ihr auf dem Dorfplatz, zwar noch bleich und schwankend; zum ersten Mal, seit sie die Weihen empfangen hatte, drängte sie ihn nicht, sie zu demütigen. Nini fragte sie: »Geht's dir gut, Sime?«

»Ja. Warum?«

»Nur so.«

Einen Augenblick blieben sie voreinander stehen, als musterten sie sich insgeheim.

Schließlich setzte Nini hinzu: »Kommst du dieses Jahr nicht zum Krebsfang runter, Sime?«

»O je, mein Sohn!« sagte sie. »Damit ist es aus. Ich bin nicht mehr für Späße zu haben.«

Von jenem Abend an begannen die Krebse vor Ninis Haken und Netzen zu scheuen. Und zwar gleich, ob das Wetter milde blieb oder Süd- oder Nordwind blies. Gegen Abend verließen die Krebse ihre Löcher und Schlupfwinkel unter den Merken und strichen um die Kechernetze herum, doch ohne sich dazu bereit zu finden, über den Rand zu kriechen. Nini mochte sich noch so anstrengen, mehr als ein Dutzend fing er nicht. Als er zur Höhle kam, sagte er zu Onkel Rattenfänger: »Die Sime hat den bösen Blick auf mich geworfen.«

Der Rattenfänger kratzte sich ausgiebig den Schädel unter seiner Baskenmütze.

»Nichts?« wollte er wissen.

»Nichts.«

»Dann müssen wir wieder Ratten jagen.«

Aber bevor Nini die Frühlingsnester vernichten würde, zog er vor, zur Sonnenwolfsmilch und zu den Eidechsen zurückzukehren. Er bemühte sich, seine Kundschaft zu vergrößern, indem er die Sonnenwolfsmilch von Tür zu Tür anbot. Eines Nachmittags kam er zum Wilderer, obgleich dessen raubtierhaftes Grinsen ihn erschreckte.

»Matías«, sagte er zu ihm. »Brauchst du keine Sonnenwolfsmilch für deine Kaninchen?«

»Sonnenwolfsmilch? Du bist gut, Spitzbube! Weißt du denn nicht, daß ich die Kaninchen abstieß, sobald die Pest begann?«

Nini blinzelte verlegen, und plötzlich packte der Wilderer ihn am Genick und fügte hinzu, während er die Augen verdrehte, als störe ihn das Licht: »Übrigens, weißt du vielleicht, wer der Spitzbube war, der den Jungadler in dem Binsennest losgemacht hat?«

»Ein Jungadler im Binsennest?« wollte der Junge wissen. »Die Adler nisten nicht in den Binsen, Matías, das weißt du doch.«

»Aber dieses Mal hat er darin genistet, verstehst du, und ein Hundesohn hat den Draht durchgeschnitten, mit dem ich das Junge festgebunden hatte, wie findest du das?«

Nini zuckte die Achseln, und sein Blick glänzte vor lauter Unschuld. Matías Celemín ließ ihn los und verschränkte feierlich die Arme auf der Brust: »Hör mal gut zu und versuch, ein für allemal folgendes zu lernen. Auch wenn ich nicht weiß, wer der Kerl ist, aber wenn ich ihn eines Tages zu fassen krieg', werde ich ihm eine Tracht Prügel verpassen, daß ihm die Lust vergeht, sich in meine Angelegenheiten zu mischen.«

XVII

Eine erbarmungslose Feuersonne stieg zur Zeit des Kostbaren Blutes Unseres Herrn über den Bergen auf und versengte Salbei und Lavendel der Hänge. In nur vierundzwanzig Stunden stieg das Thermometer über fünfunddreißig Grad Hitze, und die Talsohle verging in einer nervenzerreißenden, betäubenden Sommerhitze. Die Bergkegel wurden unter den glühenden Strahlen rissig, und das Dorf in seiner Niederung lag wie geknebelt von einer Aura aus erstickendem Staub. Ringsum knisterten die reifen Weizenfelder, während die bereits gemähten Gerstenäcker mit ihren auf den Stoppeln verstreuten Garbenhaufen ein vorzeitiges Gefühl herbstlicher Lockerung verrieten. In der schwülen Hitze schmachtete das Leben dahin, und die höllische Stille der Mittagsstunden wurde nur durch das klägliche Gezwitscher der Sperlinge im hohen Schilfrohr des Bachs unterbrochen. Bei Sonnenuntergang sank laues Liebkosen von den Hügeln herab, und die Dorfbewohner nutzten die Pause, um sich vor den Türen ihrer Häuser zusammenzufinden und in kleinen Gruppen still zu schwatzen. Von den Feldern kam das trockene Aroma des Winterstrohs herüber, umhüllt von der düsteren Sprache der Nachtvögel, während die Motten rhythmisch gegen die Lampen schlugen oder sie in ungleichen Kreisbahnen unermüdlich umschwirrten. Vom Merinokegel tönte das Pfeifen der Triele, und wie auf ihre Beschwörung hin lösten sich die Stechmücken aus dem Flußdickicht und summten mit angriffslustiger Hartnäckigkeit umher. Hier schloß sich der Kreis, und wenn die Männer sich auf den staubigen Gassen begegneten, lächelten sie einander zu, und ihr Lächeln war eine Falte mehr in ihren von Sonne und Wind der Hochebene verbrannten Gesichtern.

Dennoch erwachten um Sankt Miguel von den Heiligen die Hügel im Dunst zähen Nebels, der sich im Lauf des fortschreitenden Tages verdichtete. Und als Pruden dies gewahrte, überquerte er das Holzbrückchen und stieg mühsam den Wassergraben hinauf, und als er das Thymianfeld erreichte, rief er mit lauter Stimme nach Nini: »Nini, mein Junge«, sagte er, als dieser im Höhleneingang erschien und sich dabei streckte, »dieser Hitzenebel gefällt mir nicht. Kriegen wir denn etwa Hagel?«

Loy beschnüffelte die Absätze des Mannes, und Fa, neben dem Jungen hingekauert, ließ sich von seinem schmutzigen nackten Fuß gegen den Strich streicheln. Nini spähte den Horizont ab, die leicht vernebelten Hügelkuppen, schließlich blieben seine Augen auf dem Habicht haften, der über dem Bergkegel von Torrecillórigo dahinsegelte. Nach einer Weile stieg er durch den Wassergraben zum Rinnsal hinunter, ohne ein Wort zu sagen. Pruden und die Hunde folgten ihm mit derselben zutraulichen Gefügigkeit, mit der die Angehörigen eines schwer Erkrankten dem Arzt folgen. Am Flüßchen angelangt, löste Pruden die Zunge und sagte zu Nini in klagendem Tonfall, der trockene und schwärzlich verschrammte Weizen würde den Hagel nicht aushalten. Der Junge schien ihn nicht zu hören, beleckte seinen Mittelfinger und beobachtete aufmerksam, auf welcher Seite er zuerst trocknete. Dann schlängelte er sich durch das Schilf und die Rohrkolben und untersuchte eingehend die schlanken Stengel. Flügelameisen kletterten unermüdlich an ihnen hinauf, und sobald sie ihre Spitzen erklommen hatten, wanderten sie wieder abwärts. Pruden betrachtete ihn jetzt schweigsam und erwartungsvoll, und als der Kleine sich aus dem Schilfrohr herausgewunden hatte, blickte er ihn fragend an.

»Wir haben Nebel, und der Wind kommt aus Süden«, sagte der Junge gedehnt. »Die Flügelameisen ergehen sich im Tanz. Wenn der Wind vor Mittag nicht dreht, dann kann es jeden Augenblick losgehen. Du solltest besser die Leute benachrichtigen.«

Doch niemand schenkte Pruden Beachtung. Rosalino sagte zu ihm: »Vor Sankt Auspicio geht es nicht los.«

»Der Nini sagt...« setzte Pruden an.

»Und wenn es die Heilige Jungfrau Maria sagt«, fiel ihm der Werkführer ins Wort. Und dennoch, als eine Viertelstunde später der Frutos vom Platz aus öffentlich nach Erntearbeitern für Pruden ausrief, unterdrückten die Männer ein Erschauern. Nur der Rosalino bemerkte, um die Unruhe in seiner Brust zu besänftigen: »Mach schnell, Pruden, sonst brennt dir noch der Reis an.«

Doch gegen Mittag tauchte plötzlich über dem Merino-Kegel ein weißes Wölkchen auf und nach ihr weitere dichte und geballte Wolken. Die Männer aus dem Dorf blickten unablässig zum Bergkegel hinüber, und als es dunkelte, gab Justito, der Bürgermeister, dem Frutos den Befehl, die Sturmraketen herzurichten. Zu dieser Stunde hatte der Himmel sich schon völlig zugezogen, und Pruden hatte zusammen mit der Sabina, dem Mamertito, dem Kleinstummel und dem Críspulo – dem ältesten Sohn Antolianos – den Weizen seiner Parzelle in Garbenhaufen aufgestapelt. Als die Sonne unterging, kam ein heißer Wind auf, wirbelte über die Felder, ohne das Getreide zu knicken, und verursachte gewaltige Staubwirbel auf den Straßen. Der Himmel wurde von Mal zu Mal dunkler, und Nini stand einen Moment von dem Weizenschrotbrei auf, den der Rattenfänger gekocht hatte, und kniete im Höhleneingang nieder. Es war ganz plötzlich Nacht geworden, und die Luft wurde immer drückender und stickiger. Indes, noch regnete oder donnerte es nicht, und der erste Blitzstrahl erschreckte den Jungen. Fa hob schlagartig den Kopf und knurrte, als das Donnergetöse losging und hangabwärts polterte. Ein Geruch nach Schwefel vermischte sich mit dem Duft des trockenen Winterstrohs und des reifen Getreides. Onkel Rattenfänger tauchte im Höhleneingang auf, blickte nach oben ins Dunkle und sagte: »Da braut sich ganz schön was zusammen.«

Loy sträubte sich das Rückenfell, und als er die erste Rakete auf den großen, düsteren Wolkenbauch zielend zum Himmel aufsteigen sah, bellte er jähzornig los, ohne zu wissen, was er eigentlich anbellte. Der Knall der Rakete glich dem schrillen Schrei eines Kindes in einem hitzigen Gespräch unter Erwachsenen. Hierauf öffnete sich der Himmel in einem grelleuchtenden Licht, das die Reihe der Dächer aufblitzen ließ, als seien sie aus Silber. Auf das Leuchten folgte übergangslos der Donner, dessen Entladung sich so schneidend und abgerissen anhörte wie ein Peitschenknall.

»Der wird schlimmer werden als der von Sankt Zenón, erinnerst du dich?« sagte der Nini.

Eine zweite Rakete wurde vom Platz aus abgeschossen, und dieser folgten andere und wieder andere, ohne Pause und Methode, in letzter Verzweiflung. Man hätte meinen können, ein Jäger schieße mit einer Gummischleuder Kieselsteinchen auf eine Elefantenherde. Ein erneuter Blitz tauchte das Tal in eine fahle

Helligkeit, und auf den Donnerknall folgte das Stöhnen des Orkans, der über die Talsohle und die Felder fegte und dichte Staubwirbel verursachte, die sich in unglaublichen Spiralen himmelwärts schraubten. Als der Wind nachließ, begannen die ersten Tropfen wie Trauben auf die ausgedorrte Erde zu klatschen, und da sie beim Aufprall in winzige Teilchen zerstoben, verdunsteten sie wieder, ohne eine Spur zu hinterlassen. Der Rattenfänger, der hinter Nini stand, meinte: »So ist es besser.«

»Was ist besser?«

»Das Wasser.«

»Das Wasser?«

»Trocken wäre alles noch viel schlimmer.«

Der Junge schüttelte den Kopf, ohne davon abzulassen, nach unten auf die Dächer der Häuser zu blicken.

»Das kommt aufs gleiche raus«, sagte er in schulmeisterlichem Ton, »so wie der Weizen steht, kommt es aufs gleiche raus.«

Die Blitze spalteten das Firmament in alle Richtungen, während sie in einer Art phantastischem Duell ineinandergriffen. Das schaurig hallende Donnergetöse aus Nordosten verband sich mit den Blitzschlägen aus Südosten und mit dem Geräusch des Scharmützels auf den Anhöhen, wo der Hagel auf die straffe, gespannte Hügeldecke wie Schlegel auf das Fell einer Trommel niederprasselte. Es waren Hagelkörner von der Größe von Taubeneiern, doch trotz ihres Ausmaßes riß der Wind sie mit sich fort, um sie dort aufzustapeln, wo ein Gestrüpp oder ein Hohlweg im Felsenhügel ihnen Schutz bot.

»Da haben sich zwei Sturmwolken zusammengetan«, sagte der Junge.

»Zwei«, antwortete der Rattenfänger.

»Wie 53 um Sankt Zenón, erinnerst du dich nicht?«

»Genauso.«

Nach und nach ließ die Hitze nach, und von den geplagten Feldern stieg der belebende Dunst feuchter Erde auf. Der Hagelschauer ließ zeitweise etwas nach, und dann konnte Nini im grellen Licht der Blitze die dunklen Männer klar erkennen, die wie stumme Marionetten aufgeregt auf dem Platz hin und her liefen. Jetzt war es nicht mehr nur der Frutos, sondern auch der Justito, der José Luis, der Virgilio, der Antoliano, der Matías, der Großstummel und alle Männer aus dem Dorf, die im verzweifelten Versuch, die Bedrohung abzuwenden, Raketen um die Wette in die Luft schossen. Doch die Raketen bildeten beim Aufsteigen nur eine glanz- und kraftlose, flüchtige Leuchtspur, die dumpf an einem tiefhängenden und drückenden Himmel zerplatzte. Das tiefe Bergtal ringsum glich im purpurroten Widerschein der Blitze einer gaukelhaften Erscheinung, und der Kirchturm, der Strohschober, die Donalcioschlucht, der Bergkegel von Torrecillórigo und die Pappeln am Fluß waren in diesem seltsamen Licht wie Gestalten aus einem verworrenen Alptraum. Von Zeit zu Zeit bildeten die herunterprasselnden Hagelkörner einen dichten, engmaschigen und undurchdringlichen Vorhang. Nini sagte: »Der ist sogar noch schlimmer als der von 53.«

Der Rattenfänger, der unbeweglich hinter ihm im Dunklen stand, erwiderte: »Schlimmer.«

Das Toben des Himmels entlud sich über der Talsohle, und die Festtagsbeleuchtung der Blitze, das dumpfe Hallen des Donners und das unbeirrbare Trommelfeuer des Hagels auf den Feldern dauerten fünf Stunden lang. Gegen vier Uhr in der Früh hörte es unverhofft zu regnen auf, die Wolken ballten sich im

Norden über dem Bergkegel von Torrecillórigo zusammen, und ein hoher und feuchter Mond zerriß plötzlich die letzte Strähne des Unwetters. So weit das Auge schauen konnte, schien die Erde von Schnee und Hagelkörnern bedeckt, die beim Schmelzen auf dem Erdboden ein fettiges Geräusch wie das der Krebse im Sack verursachten. Ab und zu wurde der Himmel hinter dem Bergkegel von Torrecillórigo noch von einer weißen Schlangenlinie gespalten, doch der Widerhall des Donners ließ jetzt auf sich warten und war nun ein rundes, einförmiges Etwas ohne Schärfen und Kanten.

Nini stieg ins Dorf hinunter, sobald der Tag anbrach. Der Berghang war feucht und glitschig, und der Junge machte einen Umweg über die Berglehne, um seine Füße im Thymian versinken zu lassen. Unten schienen die Felder wie tot. Der Gemüsegarten und die drei Pappeln am Flußbett streckten ihre erbärmliche Nacktheit in die Lüfte, und das Krächzen der Krähen in den lichten Höhen des Glockenturms machte die große Stille noch spürbarer. Der Weizen, dicht und regellos von der wankelmütigen Gewalt des Zyklons zusammengeballt, hatte sich leicht zur Seite geneigt. Hie und da glänzten die Erdschollen zwischen den enthaupteten Ähren. Auf den Wegen und am Rande der Grenzwege lagen die Kadaver der Grauammern und Feldlerchen erstarrt auf Weizenkörnern und verstreuten Hülsen. Den frisch geackerten Stoppelfeldern des Mächtigen entströmten einige muntere Ausdünstungen, wie sie die Saatfelder an sonnigen Wintertagen nach einer Frostnacht von sich gaben. Über den Feldern schwebte ein drückender, ekliger Gestank nach Schlick, vermischt mit dem Geruch des Weizens. Zwei Elstern, die das Desaster aufgemuntert hatte, spielten auf der alten Schlachtbank und plusterten sich in der Sonne.

Als Nini ins Dorf kam, vernahm er durch die Fensterläden das schicksalsergebene Gejammer der Frauen. Vor Prudens rückseitiger Haustür lag eine Schwalbe halb im Schlamm vergraben. In der Dachtraufe piepsten die Jungen unermüdlich und streckten ihre schwarzweiß gesprenkelten Köpfchen durch die Nestöffnung. Die Gäßchen waren verlassen, und auf den Fahrwegen lag mehr Straßenschlamm als im tiefsten Winter. Auf dem Platz fegte Señora Clo beherzt die zwei Stufen zu ihrem Laden. Auf der Lehmmauer aus getrockneten Ziegeln, unter der Mauerkante der Koralmauer, stand auf einem Plakat in ungleichmäßigen Buchstaben zu lesen: »Ein Hoch auf die Rekruten von 56.«

Loy blieb stehen und beschnüffelte den Eingang von José Luis' Haus, und Nini pfiff ihn sanft zurück. Señora Clo sah ihn nun, stützte sich auf ihren Besen und sagte, den Kopf auf und ab bewegend und sich auf die Unterlippe beißend: »Nini, mein Sohn. Was hältst du von dieser Strafe?«

»Man sieht es doch.«

»Sind wir denn so schlecht, Nini, daß wir eine derartige Strafe verdienen?«

»So wird es sein, Señora Clo.«

Vor den Ställen stand schlammbespritzt das Automobil des Mächtigen, und gleich an der Ecke redeten Don Antero und verschiedene Unbekannte dramatisch gestikulierend mit den Männern aus dem Dorf. Justito und José Luis und Matías Celemín und Kleinstummel und Antoliano und Agapito und Rosalino und Virgilio standen dort herum, die Augen leidvoll aufgerissen, die Schultern niedergedrückt wie vom Gewicht einer gewaltigen Bürde. Und Don Antero, der Mächtige, sagte: »Wir sind ja versichert. Aber wir dürfen keine Zeit verlieren, Justo. Noch heute muß ein Antrag raus, der um Kredite und Stundung nachsucht. Andernfalls sind wir ruiniert, hörst du?«

Justito pflichtete schwach bei: »Ich tue mein Bestes, Don Antero, das wissen Sie.«

Nini ging in der Ferne vorüber, die Hunde auf den Fersen, doch bevor sie den Weinberg erreichten, hörte er Antolianos stotternde Stimme: »Ich ... ich bin nicht versichert, Don Antero.«

Und die von Matías Celemín, dem Wilderer, klang seltsam düster: »Auch ich nicht.«

Schleppendes Stimmengewirr gesellte sich zur Stimme des Wilderers wie ein Chor: »Ich auch nicht, ich auch nicht, ich auch nicht.«

Schon auf dem Weg zum Weinberg wurde er von Pruden eingeholt. Er schien wie ein Gespenst aus dem Erdboden aufzutauchen.

»Nini«, sagte er, »mein Weizen liegt in Garben und ist nicht entkörnt.«

Er sprach, als wolle er sich entschuldigen: »Ich ...«

Der Junge sagte, ohne stehenzubleiben: »Drisch ihn nicht, bevor er nicht trocken ist. Aber warte auch nicht zu lange, damit er nicht wieder sprießt.«

Pruden packte ihn an einer Schulter.

»Warte«, sagte er. »Warte. Glaubst du, daß ich einfach losworfeln kann, angesichts des Elends all der anderen?«

Nini zuckte die Achseln. Dann blickte er ihm seelenruhig in die Augen und sagte: »Das ist deine Sache.«

Pruden rieb sich ohne Begeisterung die Hände, bemüht, seine Nervosität zu überwinden. Dann steckte er die Rechte in seine Tasche und reichte ihm eine Pesete.

»Nimm, Nini, für gestern«, sagte er. »Ich würde dir mehr geben, aber ich muß noch drei Tagelöhner bezahlen, stell dir vor.«

An dem vom Hagel entblößten Weinberg entlanggehend, gelangte Nini zum Bachbett. Etwas weiter weg, jenseits der Pappeln, stieß er auf Luis, den aus Torrecillórigo.

Der junge Mann lächelte ihm mit seinen schneeweißen Zähnen zu, ohne davon abzulassen, den Hund anzustacheln: »Los, los!«

»Was machst du hier?«

»Na so was! Siehst du's nicht? Jagen. Meinst du, in diesem Jahr gäb's was anderes auf dem Feld zu tun?«

Er deutete auf den im Dreck liegenden geknickten Weizen, auf die in wertloses Stroh verwandelten Felder: »Auch in Torrecillórigo?«

Der Mann lief im Gleichschritt mit dem Hund am Bach entlang, zwischen dem geknickten Schilfrohr. Er sagte: »Der Wolkenbruch hat nicht eine Ähre stehen lassen.«

Der Junge beobachtete den gefleckten Hund.

»Dieser Hund ist nicht geeignet«, sagte er.

»Sind deine besser geeignet?«

Der Junge deutete auf Fas keuchenden Kopf: »Diese ist alt und einäugig, aber der Hund kennt sich schon aus und wird nächstes Jahr brauchbar sein.«

Der junge Mann aus Torrecillórigo lachte heraus und schlug sich mehrmals mit der Spitze seines Eisenstachels gegen den Stiefel.

»Auch meiner ist jung«, sagte er.

»Ein Jahr ist er schon.«

»Um Sankt Maximo wird er eins. Woran hast du es gesehen?«

»An den Augen. Und am Maul. Wie heißt er?«

»Morgenstern, gefällt dir der Name?«
Der Junge schüttelte den Kopf.
»Warum gefällt er dir nicht?«
»Er ist zu lang.«
»Lang? Wie heißen denn deine?«
»Die Hündin Fa.«
»Und der Hund?«
»Loy.«
Wieder lachte der Mann: »Für einen Hund ist jeder Name gut genug«, fügte er verdrossen hinzu.
Plötzlich hob der junge Mann die Augen, und sein Lachen verzog sich zu einer verblüfften Fratze. Nini hörte eilige Schritte, hob die Augen und sah Onkel Rattenfänger näherkommen und mit seinen langen Schritten die leblosen Halme des Weizenfeldes zertreten. Er hielt seinen Stachel gezückt und brüllte etwas Undeutliches, das aber nicht zu Wörtern wurde. Als er das Ufer des Baches erreichte, blieb er nicht stehen. Er sprang ins Wasser, patschte wie von Sinnen herum und stürzte sich mit erhobenem Stachel auf den jungen Mann. Nini fand kaum Zeit, sich aufzurichten, ihn an seiner abgetragenen Joppe zu packen und mit aller Kraft zurückzuzerren, doch der junge Mann aus Torrecillórigo hatte den Rattenfänger bereits am Handgelenk gefaßt und schrie, während er seinen Stachel forthielt: »Nimm Verstand an, Idiot!«
Aber der Rattenfänger stieß Schimpfwörter aus und murmelte wie von Sinnen: »Die Ratten gehören mir. Die Ratten gehören mir.«
Mit einemmal stürzte Fa auf den jungen Mann los und biß ihn rasend in die Waden, aber Morgenstern warf sich seinerseits auf die Hündin, und beide Tiere verbissen sich ineinander, während Loy, der junge Hund, ratlos losbellte, ohne zu wissen, welche Partei er

ergreifen sollte. Von der Unmöglichkeit überzeugt, die beiden Männer trennen zu können, verfolgte Nini mit weit aufgerissenen Augen den Fortgang des entfesselten Zweikampfs im Versuch, die beiden mit seinem Geschrei zu beschwichtigen, doch der Rattenfänger hörte nicht auf ihn. Eine blinde Kraft trieb ihn an, und wie um sich Mut zu machen, wiederholte er ein ums andere Mal: »Die Ratten gehören mir. Die Ratten gehören mir.«

Die Hunde kämpften weiter, sie verbissen sich grimmig ineinander, zeigten ihre schneeweißen Fangzähne und knurrten dabei unablässig. Einmal wälzten sie sich wie ein Knäuel im Morast, der Rattenfänger stolperte über sie hinweg und stürzte ins Weizenfeld, während sein Gegner auf ihm ritt. Der junge Mann aus Torrecillórigo suchte ihn unterzukriegen, indem er seine Knie in dessen Armmuskeln rammte, und murmelte unter unablässig gespannter Anstrengung: »Nimm-Verstand-an-Scheiß-kerl«, aber dem Rattenfänger gelang es, sich freizukämpfen, stemmte den Magen aufwärts, stieß ihn rückwärts und trat ihm mit den Stiefeln in den Bauch. Die beiden Männer richteten sich auf, beäugten sich verstohlen, keuchend, mit gezückten Eisenstacheln, während die Hunde noch immer verknäult aufeinander losbissen. Nun ergriff der Rattenfänger wieder die Initiative, doch der junge Mann wehrte seinen Schlag mit dem Eisenwerkzeug ab, und sekundenlang fochten ihre Stacheln, und die Funken stoben in die Luft. Der Rattenfänger, dessen Rücken schlammbesudelt war, beobachtete jetzt seinen Widersacher mit heimtückischen Schlitzaugen, zückte zweimal bedrohlich seinen Stachel, versetzte ihm einen gutgezielten Fußtritt vor die Brust und warf ihn auf das liegende, reife Getreide. Der Rattenfänger lief auf ihn zu, doch der junge Mann wich mit einer katzenhaften Drehung zur Seite, und der Rattenfänger fiel mit dem Gesicht in den Schlamm. Als er wieder auf die Beine kam, ging sein Atem rauh keuchend und beklommen, fast brüllend. Dann und wann wiederholte er wie ein Automat: »Die Ratten gehören mir, die Ratten gehören mir.«

Eine dicke Lehmkruste bedeckte sein Gesicht, und seine Augen gewannen zwischen erdgeschwärzten Lidern eine eigentümliche Lebhaftigkeit. Der junge Mann aus Torrecillórigo wartete in gekrümmter Haltung seelenruhig auf einen neuen Angriff, und sein Blick pendelte zwischen den Augen des Rattenfängers und dessen Stachel, den er mit verkrampften Fingern hielt. Wieder stürzte der Rattenfänger auf ihn los, mit vorgebeugtem Kopf, den Stachel auf die Gurgel des anderen gerichtet, doch der junge Mann wich der Flugbahn des Eisens rechtzeitig aus, der ihm lediglich eine Schramme in die Wange riß, die sich jäh mit Blut füllte. Auch Fa blutete an den Ohren und am Rücken, aber das Tier ließ in seinem Eifer nicht nach. Die Hundeleiber verschwanden manchmal im dicken Strohgewühl, um sieben Meter weiter weg wieder aufzutauchen und dort mit der gleichen Blutgier weiterzukämpfen. Loy hatte sich nach seiner anfänglichen Fassungslosigkeit an Ninis Füße geheftet, sein Rückenfell stand ihm zu Berge, seine Glieder schlotterten von sonderbarem Erzittern. Die Männer gingen erneut aufeinander los, mit gezücktem Stachel, und murmelten unverständliche Beschimpfungen. Der junge Mann aus Torrecillórigo hatte blutüberströmte Wangen, und hinter den halbgeöffneten, rissigen Lippen war sein trockener Mund zu sehen, der die Luft wie ein verendender Fisch ruckartig einsog. Mit größter Anstrengung versuchte er seinen Widersacher zu verletzen, doch seine Stachelspitze vermochte lediglich die Kordsamtjacke des Rattenfängers zu ritzen, der, als er das Kitzeln des Metalls auf der Haut spürte, das sekundenlange Schwanken des anderen nutzte, um ihm einen harten Schlag von unten nach oben zu versetzen, so daß das Eisen bis zum Griff seinem Gegner in die Seite fuhr. Alles geschah in Sekundenschnelle, blitzartig. Die Hände des jungen Mannes ließen los, und sein Stachel sank in den Schlamm. Der Rattenfänger löste sich schnaufend von ihm, und der junge Mann von Torrecillórigo schwankte auf Nini zu, strauchelnd, mit weit aufgerissenen Augen, und als er sprechen wollte, schnitt ein Blutsturz ihm das Wort ab. Einige Sekunden stand er regungslos, torkelnd, dann fiel er auf die rechte Seite und schloß die Augen, als wolle er ausruhen. Noch zuckten seine Beine krampfhaft zwei- oder dreimal. Dann erbrach er von neuem Blut, und als wollte er den Strom eindämmen, wandte er langsam das Gesicht und verbarg seine Züge im Schlamm.

Nini hob seine entsetzten Augen dem Rattenfänger entgegen, aber dieser ging noch immer schnaufend auf den Leichnam zu und griff nach seinem Eisenstachel. Dann schritt er dorthin, wo die Hunde sich wälzten, packte Morgenstern am Nackenfell und riß ihn mit einem Ruck von Fa los. Das Tier versuchte vergebens, ihn ins Handgelenk zu beißen, und wand sich wütend, doch Rattenfänger stach ihm dreimal erbarmungslos ins Herz, dann warf er den Kadaver auf die Leiche des jungen Mannes.

Fa winselte kläglich und leckte sich unablässig die Lendenwunden, während der Rattenfänger auf das Flußbett zuschritt und das Blut säuberlich von seinem Stachel fortwusch. Nini setzte sich auf die Böschung und stützte die Ellbogen auf die Schenkel. Fa kam herbeigeschlichen und duckte sich zitternd zu seinen Füßen, während Loy die beiden Leichen anstarrte und anknurrte, deren Verletzungen allmählich von Mücken übersät wurden.

Als der Rattenfänger zu Nini zurückkehrte, erschienen wie zufällig ein halbes Dutzend schwarze Aasgeier, die den Bergkegel von Torrecillórigo in großer Höhe überflogen. Der Junge blickte den Rattenfänger an, der noch immer keuchte, und der Rattenfänger sagte als Erklärung: »Die Ratten gehören mir.«

Nini deutete mit dem Finger auf den jungen Mann von Torrecillórigo und sagte: »Er ist tot. Wir werden die Höhle verlassen müssen.«

Der Rattenfänger lächelte schlau. »Die Höhle gehört mir«, sagte er.

Der Junge stand auf und schüttelte die Erde von seinem Hosenboden. Die Hunde trabten erschöpft hinter ihm drein, und als sie an der Ecke des Weinbergs vorüberkamen, flatterten zwei Wachteln geräuschvoll auf. Nini blieb stehen.

»Das werden sie nicht verstehen«, sagte er.

»Wer?« fragte Rattenfänger.

»Die dort«, murmelte der Junge.

Hinter der Anhöhe sah man den Kirchturm schweben, und ringsum traten nach und nach die lehmbraunen Häuser des Dorfs verschwommen aus dem Hitzedunst.